U0024721

風雲時代

風雲時代

蒼天行盜
第二輯
卷1
大起大落
石章魚
著

這世上任何事都是一把雙刃劍

有所得到就有所失去

# 目錄

## CONTENTS


第一章 黑衣美豔少婦 5

第二章 趕屍人 31

第三章 看不見的線索 53

第四章 痛苦的恐懼 89

第五章 找一個人 117

第六章 死而無憾 147

第七章 生命的延續 183

第八章 路是自己選的 207

第九章 這輩子只為一個人而活 237

第十章 綢緞莊的一場火 269

第一章

# 黑衣美豔少婦

甲板上羅獵孤零零一個，呼吸著新鮮濕潤空氣的時候，
聽到一串腳步聲接近自己，來的是一位美豔少婦，
一身黑衣打著一把黑傘，眼睛用半幅黑紗遮住，
這樣裝扮在歐美並不稀奇，可出現在這裡就有些另類了。

羅獵一直望著肖恩的汽車消失在街道的拐角，然後才慢慢來到門前，用鑰匙開門的時候，他特地留意了一下門框的位置，他在離去之前，特地在門和門框結合的地方布下了一根絲線，而今絲線已經斷裂，不仔細觀察是看不到的，羅獵察覺到有人趁著自己不在的時候潛入了自己的住處。

羅獵開了門，然後緩緩推開，在房門開到中途，他突然用力一推，房門狠狠撞向後方，他感覺到自己撞擊在一團東西上，而後聽到了一聲痛苦的叫聲。

羅獵從聲音中已經判斷出是誰，愕然道：「怎麼是你？」

藏身在門後的蘭喜妹雙手捂著胸，痛苦不堪地罵道：「你這個沒良心的，真想把我撞死！」

羅獵反手將房門關上，站在蘭喜妹的對面望著仍未緩過氣來的她：「你應該感到慶幸，我沒有直接開槍射你。」

蘭喜妹抬腿就踢，踢在羅獵的小腿上，卻如同踢中了一塊鋼板，痛得她又哎呦一聲叫了起來。

羅獵伸手扶住她的手臂，蘭喜妹在羅獵的攙扶下單腳跳著來到椅子上坐下，她痛得眼淚都流了出來：「羅獵……你就是這麼對我的……」

羅獵起身去給她泡了杯茶，端到蘭喜妹面前：「這杯茶當我向你賠罪了。」

蘭喜妹仍然愁眉苦臉地捂著胸。

羅獵道：「還痛啊！」問過之後，自己也覺得尷尬。

蘭喜妹俏臉一熱，飛起兩片紅雲，呸了一聲道：「你真不是什麼好東西。」

羅獵道：「有沒有搞錯，是你先溜到我房內，我還以為進了小偷。」

蘭喜妹道：「以你的能耐會察覺不到門後是誰？」

羅獵搖了搖頭，故意岔開話題道：「你怎麼找到我的？」

蘭喜妹道：「你那麼出色，找到你還不容易。」

羅獵對她看得很透，想起此前她給自己看過的麻雀的那張照片，蘭喜妹盯上麻雀應當有很長一段時間了，十有八九是她在跟蹤麻雀的過程中發現了自己。

羅獵道：「你找我幹什麼？」

蘭喜妹道：「捉姦！」

羅獵禁不住笑了起來，蘭喜妹的回答經常讓人意想不到。

蘭喜妹橫了他一眼道：「你笑個屁啊？我覺得呢，怎麼突然來到應天了，一待這麼久，不捨得走，原來是遇上了舊情人。」

羅獵道：「話不能瞎說，我和麻雀沒什麼，當初的事你又不是不知道。」

蘭喜妹突然笑靨如花，伸出雙手緊緊將羅獵的右臂給抱住了，羅獵想要掙脫，她反倒將整個嬌軀都偎依過來，嬌滴滴道：「我沒聽錯吧，你向我解釋啊，你那麼在乎我？怕我誤會啊？怕我生氣對不對？」

羅獵哭笑不得道：「我要是說你想多了，你會生氣嗎？」

蘭喜妹將頭枕在他的肩上：「只要你對我好，我永遠都不會生你的氣。」

羅獵歎了口氣道：「蘭喜妹，你真想多了。」

蘭喜妹起身指著他的鼻子，美眸圓睜道：「羅獵，你怎麼就不敢承認呢？」

「承認什麼？」

「承認你喜歡我！」蘭喜妹大聲道。

羅獵乾咳一聲道：「你想多了呢，我喜歡誰我自己不知道，你知道？」

蘭喜妹還想說話，卻被羅獵打斷：「咱還是別繞彎子了，你這回來到底是為了什麼？有什麼話不妨直說，大家畢竟朋友一場，說不定我還真能幫上忙。」

蘭喜妹道：「羅獵，你知不知道我最討厭你什麼？我跟你說真心話的時候你總是打岔，在你眼中我就是個動機不良的人，我是個心機重重的女人！」她恨恨道：「好，你既然這麼看我，我也沒必要在你的面前扮演什麼單純少女。」

羅獵笑了起來，蘭喜妹從來不是單純少女，連她自己也不會相信。

蘭喜妹臉上的笑容已經完全不見：「跟你說話可真沒意思，每件事都說得那麼現實。」

羅獵道：「活著就是最現實的事情。」

蘭喜妹道：「據我所知，你這次加入的考古隊是前往西海吧？」

羅獵道：「果然神通廣大，看來考古隊裡已經有你的內應了。」

蘭喜妹道：「去西海的目的是什麼？」

羅獵道：「尋找一樣東西。」

「什麼東西？」

羅獵道：「你在明知故問吧？」

蘭喜妹道：「你對我就這麼戒備？」

羅獵道：「據說是中華九鼎，你對九鼎也有興趣？」

蘭喜妹道：「有沒有聽過定鼎中原？」

羅獵靜靜望著蘭喜妹，忽然想起她格格的身分，她也是大清皇室，難道在她的心底深處也存在著一個復辟之夢？

蘭喜妹看到羅獵許久都沒有回答自己，忍不住道：「你幫不幫我？」

羅獵道：「你好像不用我幫忙吧？」

蘭喜妹道：「那就是不幫嘍！」

羅獵道：「你盯上麻雀也不止一天了，對這次事情的瞭解也應該比我多。」

蘭喜妹笑道：「所以，你應當跟我合作。」

羅獵道：「你知不知道這次是誰邀我入局？」

蘭喜妹眨了眨明眸，心中暗忖還不是麻雀。

羅獵道：「風九青，也就是藤野晴子。」

蘭喜妹哦了一聲。

羅獵道：「上次在飛鷹堡的時候，我本以為藤野晴子除掉藤野俊生，其目的一是為父報仇，二是為了擺脫藤野家族的控制，可事後才發現，她將自身隱藏得很好，和藤野俊生一樣，她也是吞噬者，而且她還是最終勝出的那一個。」

蘭喜妹道：「這並不稀奇，黑日禁典應當落在了她的手裡。」

羅獵道：「我雖然不清楚黑日禁典的具體內容，可是那本書裡面應當記載了不少的秘密。」

「還用你說，昊日大祭司凝聚畢生心得所寫的一本書當然厲害。」

羅獵道：「風九青實力深不可測，就算集合我們所有人都未必能取勝。」

蘭喜妹道：「別人沒有，你一定有。」

羅獵並不否認這一點，這也正是風九青選擇自己成為合作對象的原因之一，雖然風九青並未說出她想讓自己做什麼，可羅獵也能夠猜到她找自己一定和九鼎的事情有關。

蘭喜妹也看出了這一點：「風九青選你合作，應當是憑藉她個人的力量無法完成這次的任務，你們兩人算得上是惺惺相惜。」

羅獵微笑不語。

蘭喜妹道：「當然也不排除她看上你的可能。」

羅獵真是佩服她的想像力，哭笑不得道：「她的年齡足夠當我娘了。」

蘭喜妹道：「感情可不分年齡，這個世界上老妻少夫的事情比比皆是。」

羅獵道：「咱們還是說正事吧。」

蘭喜妹道：「得九鼎者得天下，如果九鼎當真存在，也不可以落在日本人的手裡。」

羅獵道：「大禹時代留下的九鼎，就算真的存在，到如今也未必能夠起到定鼎中原的作用。它們的作用很可能是被故意誇大，是統治者利用來控制老百姓的工具罷了。」

蘭喜妹道：「我不管，反正這九鼎我是要定了。」

羅獵望著一臉果決表情的蘭喜妹道：「我不明白，就算九鼎全都被你得到，又有什麼意義？難道你還真想得天下，當皇帝？」

蘭喜妹道：「我若當了皇帝就娶你當我唯一的皇后，到時候你敢不從，我就砍了你的腦袋。」

羅獵歎了口氣道：「如此說來，我必須要阻止你，真讓你如願，我只怕沒好日子過了。」

蘭喜妹滿臉嬌羞道：「從你認識我那天起就註定沒有好日子過了，想要逃出我的手心，沒門！」

羅獵看著嬌羞的蘭喜妹，心中不由得一動，拋開雙方立場不言，蘭喜妹對自己算得上是情深義重，從兩人相識至今，她倒是從未做過真正加害自己的事。

羅獵道：「其實這件事你沒必要插手，風九青的厲害你是見識過的，我答應你，如果找到九鼎我絕不會瞞你，可這件事你最好不要介入。」

蘭喜妹敏銳覺察到了他話中潛藏的意思，柔聲道：「你擔心我對不對？」

羅獵道：「我只是擔心你給我增添不必要的麻煩，反倒壞了我的大事。」

蘭喜妹道：「我信你！」

羅獵內心一怔，沒想到蘭喜妹這麼痛快就應承了自己。

蘭喜妹將一個厚厚的信封拍到羅獵胸前：「裡面的資料應當對你有用處。」

羅獵道：「謝了！」

蘭喜妹道：「宋昌金那個人你一定要小心，此人是一隻六親不認的老狐狸，隨時都可能把你出賣。」

羅獵道：「我會多加小心。」

蘭喜妹道：「麻雀組建的考古隊其中不乏厲害人物，你一個人缺少照應，我知道你有本事，可凡事不可過度自大，真不考慮請你的那幫老朋友過來？」

羅獵搖了搖頭道：「風九青這個人很難對付，人多了反而麻煩，她既然主動找上我，在找到九鼎之前按理說不會有太多的貓膩。」

蘭喜妹道：「你既然有把握，就算我多想了，對了，這信封裡我專門寫下了一些地址，如果遇到了麻煩，或需要幫助時，你都可以前往就近的地址求助。」

羅獵點了點頭，輕聲道：「你也要多加保重。」

蘭喜妹望著他，眼圈不知為何紅了，突然她撲入羅獵的懷中，羅獵其實早已預料到她要做什麼，卻沒有選擇躲避，任憑蘭喜妹軟玉溫香撲入懷中，蘭喜妹緊緊抱著他道：「我只想好好抱抱你，別把我推開。」

羅獵靜靜站在那裡，任憑蘭喜妹抱得越來越緊，自始至終沒有主動抱住蘭喜妹，蘭喜妹放開了他，俏臉上露出喜色道：「我知道，你也喜歡我對不對？」

羅獵沒說話。

蘭喜妹道：「就算你不承認我也知道。」說完這句話，她再不停留，拉開房門走了出去。

羅獵轉身走向門外，卻發現外面不知何時下起了大雨，他想起了什麼，從門後拿出雨傘，再回到門口的時候，卻見蘭喜妹美好的身影已經消失在雨中……

羅獵的生活重新恢復了平靜，他每天又開始往返於國立圖書館，搜集方方面面的資料，研究蘭喜妹給他的情報，麻雀沒有主動找過他，甚至連宋昌金這段時間都失去了蹤影。按照麻雀給出的時間，這周就應當動身了。

羅獵已經整理好了行李箱，這一個月他已經開始習慣了獨自生活。

窗外夜幕已經降臨，初夏的風悶熱且潮濕，羅獵決定出去走走，他去關窗戶的時候，發覺遠處有三輛汽車正緩緩駛向這邊，羅獵遲疑了一下，轉身去了北邊的窗戶，在後面的小巷內有幾道身影正朝著小樓後門快步接近。

一種不祥的感覺湧上羅獵的心頭，憑直覺判斷這些人應當是衝著自己來的，他插上房門，拎起行李箱，打開北側的窗戶，確信下方的人已經全部進入小樓內，馬上從窗戶爬了出去，輕輕一躍，從二樓穩穩落在了地上。

羅獵快步走出北巷，離開巷口的時候，他聽到房門被踹開的聲音，羅獵沒有回頭繼續向前走著。

他叫了一輛路邊的黃包車，坐了進去，向車夫說了個地址。

車夫拉著黃包車向目的地奔去，空中傳來一聲悶雷，一場大雨就要來臨。

羅獵默默盤算著這些人前來的目的，最大的可能就是此前未了的案子，于衛國的死到現在還算在自己頭上，雖然風聲已過，警方也將此案束之高閣，可于家仍對自己窮追不捨，還拿出十萬大洋的巨額懸賞，重賞之下必有勇夫，黑白兩道因這筆巨額財富而心動者不在少數。

以羅獵的能力應付剛才那幫人自然不在話下，可他並不想引起太多的關注，尤其是在這種即將離開的時候。

在應天的這段時間，他一直保持警惕，被人發覺身分的可能並不大，接觸到的熟人也僅限於有數幾個，難道問題出現在這些人中？

此時雨已經下了起來，後方有光芒投射過來，羅獵意識到有汽車追趕上來。

車夫仍然在大步奔跑著，可他奔跑的速度顯然無法和汽車行進的速度相比，一輛汽車從後方超越了黃包車，司機操縱汽車斜行阻擋在黃包車的前方，車夫因這突然出現的狀況緊急停步，因為慣性仍然向前奔出幾步，方才將黃包車停下。

羅獵穩穩坐在黃包車內，他知道這一戰已經無法迴避。

車夫連連道歉，羅獵笑了笑，摸出一塊銀洋遞給了他，向車夫道：「這位大哥，你快走，有多遠走多遠。」

車夫愣了一下，他沒想到客人居然會給出那麼大的一筆車資，可此時後方又有兩輛汽車趕到，三輛汽車內分別出來五人，這十餘人的手中全都拿著武器。

車夫這才明白羅獵讓他快走的原因，嚇得他拉起黃包車從三輛汽車包圍的空隙中逃了出去，那群不速之客也沒有阻止車夫。

羅獵拎著行李箱在風雨中，笑道：「這麼大的雨不待在家，趕著送死啊？」

「呀！」伴隨著一聲威猛的大喝，一個凶相畢露的魁梧漢子衝了上來，手中一把明晃晃的開山刀破開風雨向羅獵當頭砍去，羅獵這一個月近乎在閉關修煉，不知不覺中已經完成了突破。對方用盡全力砍來的一刀聲勢駭人，速度奇快，可是在羅獵的眼中卻緩慢無比。

羅獵的右手中多了一柄蝴蝶刀，隨意揮動，蝴蝶刀劃出一道宛如急電般的光芒，搶在開山刀命中自己之前已經搶先割裂了對方右腕的脈門。

壯漢感覺手腕劇痛，低頭望去，只見紅色血霧從傷口處噴了出去，羅獵的身形在人群中來回穿梭，宛如鬼魅，手中蝴蝶刀寒光霍霍，但凡出手，例無虛發。

轉瞬之間前來圍攻他的十五人被他盡數擊倒在地，這些人身上流出的鮮血被雨水洗刷，匯流在地面上已經形成了一道紅色的小溪。

羅獵收回蝴蝶刀，他的身上未曾沾上丁點的血跡，羅獵甚至懶得看地上那群掙扎哀嚎的傢伙，就快步離開了現場。

麻雀並未想到羅獵居然會在深夜造訪，看到羅獵渾身都濕透了，她驚聲道：「發生了什麼事情？」

羅獵道：「遇到了一些麻煩，我的行藏暴露了。」麻雀將他請到房內，讓羅獵先去洗澡換衣，又讓黎媽去小樓周圍觀察一下，看看是否有人跟蹤過來。

羅獵沐浴更衣之後，來到客廳，麻雀已經為他準備好了晚飯。

羅獵道：「我不餓。」

麻雀道：「我親手做的，你嘗嘗。」

羅獵道：「我還是儘快離開得好，省得給你帶來麻煩。」

麻雀道：「怕麻煩我，你還過來？」

羅獵笑道：「我是擔心就這麼走了，肯定要被人罵。」看到桌上的小菜，他坐了下去，他還沒吃晚飯，說不餓那是客氣，羅獵端起那碗香噴噴的蛋炒飯：

「味道不錯，長本事了啊！」

麻雀瞪了他一眼道：「什麼話？我一直都會做飯啊。」

羅獵笑了笑，低頭開始吃飯。

麻雀道：「姓羅的，我算看出來了，在你心裡一直都看不起我對不對？」

羅獵夾了口水芹炒香乾，讚道：「不錯，味道不錯。」

麻雀哼了一聲道：「全當餵狗了，狼心狗肺！」

羅獵只當沒聽到她在罵自己，迅速吃完了那碗蛋炒飯，又將空碗遞給了麻雀：「再來一碗。」

麻雀忍不住嘟囔著：「你把我當成傭人了！」可牢騷歸牢騷，歸根結底還是自己的原因，誰讓自己主動給他做飯來著。

羅獵道：「多吃是對你的尊重，如果不是好吃，我也不可能再來一碗。」

麻雀給他裝了滿滿一大碗，送到他的手上：「我說不過你，反正什麼都是你的道理。」她在一旁坐下，黎媽將剛剛煮好的咖啡給她送了過來。

麻雀抿了口咖啡道：「說說看，到底遇到什麼麻煩了？」

羅獵道：「可能是被人發現了，你知道我的事情。」

麻雀當然知道他所面臨的麻煩，于家懸賞十萬大洋早已傳遍全國，不過麻雀認為羅獵做事謹慎，應當不會輕易暴露行蹤，可百密一疏，終究還是遇到了麻煩，她輕聲道：「既然如此，我們儘早離開應天。」

羅獵道：「你原本計畫什麼時候走？」

麻雀道：「三天之後。」

羅獵很快又吃完了第二碗蛋炒飯，接過麻雀遞來的咖啡：「希望我的事情沒有影響到你的全盤計畫。」

麻雀道：「其實已經準備得差不多了，隨時都可以出發。」

羅獵道：「我還是先找個地方藏身，省得給你帶來不必要的麻煩。」

麻雀道：「我是怕麻煩的人嗎？你不用擔心，只管住在這兒，明兒我們就出發。」

羅獵還想堅持，可此時外面傳來了敲門聲，麻雀讓羅獵暫時迴避。

此時過來的人是肖恩，見到麻雀他鬆了口氣道：「出事了，在羅獵的寓所附近發生了一場械鬥，有十多人重傷，據說是羅獵做的，麻煩的是那些受傷的人全都是巡警。現在警方已經開始全城搜捕，他有沒有過來？」

麻雀明知故問道：「誰？」

肖恩道：「羅獵，他有沒有過來？」

麻雀搖了搖頭，肖恩的目光落在桌上，桌上的碗筷已經收拾得乾乾淨淨，他並沒有找到任何的破綻。

麻雀道：「這麼晚了，你還是儘快回去吧，外面並不太平。」

肖恩笑道：「我住得不遠，這會兒雨下得太大，我等雨小了再走，麻雀，不打算請我喝杯咖啡嗎？」

麻雀見他沒有馬上離開的意思，只能讓黎媽送上咖啡。

肖恩主動坐了下來，從黎媽手中接過熱騰騰的咖啡，他聞了聞咖啡的香氣，低聲道：「我有件事不明白，你為何要請一個通緝犯加入咱們的考古隊？」

麻雀因他用通緝犯三個字稱呼羅獵而心生不滿，皺了皺眉頭道：「他是我的朋友，而且他說過那件事並不是他做的，他是被人冤枉的。」

肖恩道：「你信任他？」

麻雀用沉默回答了他。

肖恩道：「你知道的，為了這次的考古我投入了很多，所以我不希望中途出現差池，更不希望你遇到麻煩。」

麻雀的表情轉冷：「肖恩，如果你一開始就說出自己真實的想法，我絕不會讓你介入。」

肖恩搖了搖頭，灰綠色的雙目變得灼熱，盯住麻雀道：「你知道的，我願意為你做任何事。」

麻雀提醒他道：「肖恩，我不需要你為我做任何事，我們之間只是合作的關係，這次的考古是為了學術研究，你不是為了我，如果你的動機並不是那麼單純，現在退出還來得及。」

肖恩道：「麻雀，有沒有覺得，你在刻意疏遠我？」

麻雀道：「什麼意思？」

肖恩道：「從羅獵出現，你就在疏遠我，你擔心他誤會我們之間，你……」

麻雀被肖恩的這番話激怒了，厲聲道：「夠了，肖恩，我不止一次地告訴過你，我們是朋友，是合作夥伴，我對你從沒有超友誼的想法，一點都沒有。」

肖恩也激動了起來：「我不明白，我哪裡比不上他，比不上一個通緝犯！」

麻雀的內心充滿了憤怒，肖恩的用詞已經深重地刺激到了她，她發現雖然和羅獵分別許久，可是有一點她仍沒改變，她無法容忍任何人污蔑羅獵，聽到肖恩的這番話，甚至比說她更讓她憤怒，麻雀怒道：「你憑什麼和他相比？你又有哪一點能夠和他相比？」

肖恩的臉色頃刻間變得慘白，他的內心如同被人重重打了一拳，麻雀對他的無情對羅獵的維護讓他認清了一個事實，麻雀自始至終都沒有喜歡過他。肖恩的自尊心受到了深重的打擊，他點了點頭道：「不錯，我為何要跟他相比，不早了，我先走了。」

麻雀衝口而出的那番話說出之後也有些後悔，並不是因為她說錯了話，其實她所說的都是自己真實的想法，在她心中沒有人可以和羅獵相提並論，肖恩自然不會例外，可這並不代表她看不起肖恩，她一直認為肖恩是個很好的朋友。

麻雀道：「肖恩，我沒有傷害你的意思，我們還是朋友對嗎？」

肖恩點了點頭，笑得有些勉強：「我明白的！」

送走了肖恩，麻雀來到羅獵藏身的房間，看到羅獵正坐在燈下看書，輕輕歎了口氣道：「你的心可真大。」

羅獵道：「事情已經發生了，我急也沒什麼用，肖恩走了？」

麻雀點了點頭道：「他聽說了你的事情，所以過來通知我，現在外面到處都在搜捕你，風頭很緊。」

羅獵道：「他的消息倒是靈通。」其實羅獵已經開始懷疑肖恩，在他所接觸到的人中，最可能走露風聲的人就是肖恩。

麻雀從他的話鋒中聽出了一些言外之意，小聲道：「肖恩是個不錯的朋友，這次的考古是他在贊助，他不可能對付自己人。」

羅獵笑了起來：「我沒說懷疑他，麻雀，我還是走吧。」

麻雀道：「你是擔心我會出賣你，還是擔心我沒有能力保護你？」她來到羅獵的身後，雙手落在羅獵的肩頭，然後抓住他的兩隻耳朵，擰動他的頭部，讓他的面孔對著梳粧檯的鏡子，小聲道：「我會把你裝扮得連自己都不認識自己。」

宋昌金得知羅獵出事之後，也找到了麻雀的住處，他明顯不受黎媽的待見，進門就遭遇對方的冷臉，不過還好順利進入了院子，走入小院，看到一個老者正坐在樹下躺椅上納涼，宋昌金從未見過此人，不由得多看了一眼，向一旁黎媽道：「那老頭誰啊？你相好嗎？」

黎媽狠狠瞪了他一眼，如果目光是刀，此刻她一定把宋昌金的心臟挖出來。

宋昌金言語上占了便宜，忍不住哈哈大笑起來。

麻雀在二樓的走廊上居高臨下道：「宋先生來得正好，幫忙收拾東西，咱們提前一天出城。」

宋昌金快步走到樓上，來到麻雀身邊道：「你還不知道嗎？羅獵出事了。」

麻雀道：「是嗎？他那麼厲害，能出什麼大事？」

宋昌金看到麻雀不慌不忙的樣子頓時生出了疑心，旁觀者清，他早就看出麻雀對羅獵癡心一片，按理說聽到這樣的消息肯定會亂了陣腳，沒理由這麼冷靜，原因只有一個，那就是她知道羅獵沒事，很可能她已經見過了羅獵。

宋昌金眼睛一轉，目光重新轉回到那納涼的老頭兒身上，上下打量了一遍，唇角露出一絲會心的笑意：「麻小姐還真是厲害，我險些被你給騙過了。」他向躺椅上的老頭兒道：「大侄子，睡得挺美啊！」

羅獵笑了起來：「就知道瞞不過您這隻老狐狸。」他從躺椅上站起身來，如果不說話，單從外表誰也不會聯想到他就是羅獵。

麻雀心中無比詫異，此番歸國，她的易容手法比起過去更上一層樓，按理說不會那麼容易被人識破，可宋昌金居然這麼快就認出了羅獵，她忍不住問道：「你怎麼知道他是羅獵？」

宋昌金嘿嘿笑道：「這還不簡單，關心則亂，你聽到羅獵遇到麻煩居然還表現得如此淡定，其中必有貓膩，不是易容術出了問題，是你自己的問題。」一句話說得麻雀俏臉緋紅，薑是老的辣，自己在宋昌金面前終究還是太稚嫩了一些。

雖然經歷了些許波折，可並沒有影響到他們的出發計畫，幾人商量之後，將原來的計畫提前了一天，他們從應天的碼頭出發，乘坐輪渡從下游逆流而上，按照預先制定的計畫，他們會在錦城登陸，在那裡匯合其他幾名隊員，沿著岷江一路向上，進入草原，越過草原，經由甘南進入西海境內。

從應天出發的人有麻雀、黎嫣、宋昌金、羅獵，還有他們此次考古行動最大的金主肖恩，肖恩隨行人員有四人，不過他們並沒有一起行動，選擇分別登船。

羅獵和宋昌金一撥，經過麻雀的妙手易容，羅獵並沒有遇到任何的麻煩就通過了關卡，來到渡輪之上，將他們的行李安置好，羅獵和宋昌金來到甲板之上，他們雖然是叔侄，可現在的羅獵鬚髮皆白，看起來要比宋昌金年齡更大，羅獵向宋昌金道：「別忘了啊，咱們的關係還是叔侄，不過你是我侄子。」

宋昌金愕然張大了嘴巴，望著羅獵憋了半天方才說了一句話：「你不怕天打雷劈！」

羅獵拍了拍他的肩頭道：「應該擔心的是你，人啊還是多積德多做善事。」

「又咒我，我說你小子就不懂得孝敬長輩……」

此時有人從他們的身邊經過，羅獵裝腔作勢道：「大侄子……」

宋昌金差點沒把一口老血給噴出來，這小子存心整蠱自己呢。

船行千里，原本這一路風光不錯，只可惜天公不作美，自從離開應天之後就陰雨綿綿，一直行到宜昌，這雨就沒怎麼停過，剛開始的時候旅客們還有興致打著傘去甲板上欣賞兩岸朦朧的景色，可到了最後，都被連綿的陰雨折磨得沒了興致，寧願待在船艙內，也好過去甲板上感受風吹雨打。

當然也有例外，羅獵就是每天待在甲板上時間最長的那一個，為了避免引起他人的懷疑，即便是處在同一艘船上，羅獵也從未主動和麻雀等人打過招呼，不過羅獵仍然發現有人在悄悄關注著自己。

雨雖不大，甲板上卻只有羅獵孤零零一個，他呼吸著新鮮濕潤空氣的時候，聽到一串腳步聲正在接近自己，來的是一位美豔少婦，一身黑衣打著一把黑傘，眼睛用半幅黑紗遮住，這樣的裝扮出現在歐美並不稀奇，可出現在這裡就有些另類了。

羅獵打量了她一眼，笑了笑，畢竟對方正在注視著自己，雖然只看了一眼，他對這位少婦已經有了初步的判斷，她應當出於孀居狀態。

那少婦笑了笑道：「老先生，外面風大雨大的，小心著涼。」

羅獵道：「謝謝這位太太的關心。」

少婦用手帕擦了擦羅獵一旁的條椅，挨著他坐了下來，小聲道：「我從應天上船就一直留意老先生。」

羅獵意識到對方必然不是湊巧路過，輕聲道：「您之前見過我？」

少婦將雨傘收了，雨不算大，雨絲打在臉上的感覺麻酥酥的，她的雙目如同籠罩了一層煙霧，這讓她看起來顯得有些神秘，少婦道：「沒見過，不過覺得你與眾不同，所以很想跟您認識一下。」

羅獵笑了起來，以自己現在的模樣，很難獲得美女青睞，除非這少婦有強烈的戀父情節，羅獵當然清楚事情沒那麼簡單：「大家同坐一條船也算有緣。」

少婦道：「我姓風，我叫風輕語，是風九青的妹妹。」

羅獵道：「如此說來你知道我是誰。」

風輕語淺淺一笑：「我姐跟我說羅先生是個玉樹臨風的英俊男子，可我一見……」望著面前畫了老妝的羅獵，風輕語欲言又止。

羅獵道：「是不是有些失望？」

風輕語道：「失望談不上，只是覺得有些欲蓋彌彰。」

羅獵也笑了，其實到了這裡已經沒有偽裝的必要，可羅獵從易容裝扮中居然尋找到了一些快樂，比如能堂而皇之地叫宋昌金大侄子，氣氣這老狐狸也是一件開心的事情。

風輕語道：「我姐讓我帶你離開。」

羅獵聞言一怔：「什麼？」

風輕語道：「有人告密，宜昌靠岸補給的時候，你馬上就會被軍警圍困，所以咱們要提前離開。」

羅獵望著風輕語，目光充滿了懷疑。

風輕語道：「就知道你不會相信我。」她展開手掌，露出一行英文字，她掌心中寫著的竟然是rebel，這個意味著背叛者的英文單詞本身並不稀奇，可是對羅獵而言卻有著不同凡響的意義，他記得自己的母親就是被冠以背叛者的稱號，這個秘密只有少數人知道，風九青又是怎麼知道的？

風輕語道：「今晚兩點，我還在這裡等你。」她說完，撐起雨傘離開。

羅獵對此行的艱辛早已做足了準備，風九青或許是他有生以來遭遇最強大最狡詐的對手，羅獵不知風九青最終的目的是什麼，可是他卻知道風九青的存在是這個世界的隱患，更何況她的本來身分是藤野晴子，一個日本人，如果她將自身的能力用來對付中華，其後果將不堪設想。

也許這個世界上能夠阻止她的人只有自己，風九青知道太多的秘密，甚至關於自己母親的一些事她都有可能瞭解，正因為此，羅獵才沒有拒絕她的要求，此次前往西海他必須要查清當年發生了什麼。

凌晨兩點，羅獵悄悄來到日間遇到風輕語的地方，果然看到風輕語就在那裡等候，風輕語向他招了招手，羅獵跟隨風輕語來到船尾處，低聲道：「你打算如何離……」話未說完，卻見風輕語縱身一躍，竟然從輪渡之上凌空飛躍，她展開雙臂，宛如在夜空中滑翔的一隻鳥兒，在風輕語跳出渡輪的剎那，後方亮起了一盞漁火，羅獵這才看清原來有一艘漁船在遠遠跟著。

風輕語落在漁船的船頭，尚未來得及轉身，就聽到一旁傳來輕輕的落地之聲，羅獵啟動比她晚了不少，可來到漁船之上卻相差不多，而且羅獵的體重要比她重，落在甲板上引起的動靜卻比她還要小，風輕語不由得多看了羅獵一眼，方才發現羅獵的手中還拎著行李箱，這就證明羅獵的身手比自己更加厲害。

風輕語指了指船艙，向羅獵道：「你可以好好休息一下，從現在開始你不會再有任何麻煩了。」

羅獵卻道：「我怎麼感覺這才是麻煩的開始？」

# 第二章

# 趕屍人

羅獵這才意識到遇到了趕屍的隊伍，
曾經聽說過趕屍的事，但是都沒有親眼目睹過，
想不到這荒山野嶺中竟然遇到了這種詭異的事情。
那群屍體穿著清朝的官服，臉色慘白，
身體僵硬，在山路上蹦蹦跳跳。

黎明時分，渡輪抵達宜昌補給，也是此時宋昌金方才發現羅獵不見了，他顧不上隱藏行蹤，直接找到了麻雀，麻雀聽說此事一驚，可當她看到碼頭上嚴陣以待的軍警頓時明白了，羅獵應當是提前察覺情況有變，所以藏了起來。只是他們所有人都沒有想到，羅獵已經離開了渡輪。

雨停了，羅獵和風輕語兩人在一個普通的民用碼頭上了岸。

碼頭上有一輛馬車在等著他們，兩人上了馬車，羅獵向風輕語道：「接下來去哪裡？」

風輕語道：「帶你去找你的一位老朋友。」

羅獵有些詫異，在他的印象中自己在這一帶並沒有什麼老朋友，可他也懶得多想，既來之則安之，風九青已將一切安排就緒，自己只需按著她的安排行事。

馬車在山路上行進，因為下雨的緣故，地面有些泥濘，馬兒行進速度不快。

風輕語道：「知不知道是誰出賣了你？」

羅獵仍然處於閉目養神的狀態：「無所謂。」

風輕語道：「肖恩！」

羅獵其實一早就猜到是他，在應天出賣自己的也是肖恩，只不過羅獵一直沒有點破，看來肖恩對自己已經是仇恨深種。

風輕語道：「計畫之外的事情，沒想到他會旁生枝節。」

羅獵依然沒有睜開眼：「他只是一個幌子罷了，其實你們沒必要讓他們參與進來，非但沒有任何幫助，反而增添不少麻煩。」羅獵的真實想法是不想麻雀參與其中，麻雀並不瞭解這次行動的內幕，對未來的危險性也缺乏充分的估計。

風輕語道：「我相信我姐姐的安排，她不會做無意義的事情。」

羅獵笑了起來，睜開雙目望著風輕語道：「我從未聽說風九青還有一個妹妹，親生的？」

風輕語道：「你沒聽說過的事情還有很多。」

羅獵道：「你結婚了？」

風輕語點了點頭。

羅獵故意道：「既然結婚了，為何不在家裡安心相夫教子？好好的日子不過，出來冒險作甚？」

風輕語甜甜笑了起來，她小聲道：「我雖然結婚了，可是沒有孩子。」

「可你有丈夫啊！」

風輕語道：「他配不上我的，所以我把他殺了。」她說得輕描淡寫，彷彿在說一件無足輕重的事情。

羅獵卻忍不住皺了皺眉頭：「一日夫妻百日恩，他犯了什麼大錯？」

風輕語道：「他對我好得很，我的每個丈夫對我都好得很，可是我總是忍不住想殺他們。」

羅獵道：「你嫁了不止一次？」

風輕語點了點頭道：「五次，他們都很優秀，可是他們都死了。」她笑得很甜，可羅獵從她的笑容中感受到的卻是惡毒和殘忍。

風輕語道：「你想不想娶我？」

羅獵搖了搖頭。

風輕語嗔怪道：「膽小鬼，我姐姐還說你膽子很大呢。」

羅獵道：「我不想娶你不是因為怕死，而是因為我對你實在沒什麼興趣。」

風輕語聽到他的話，美眸中閃過一絲陰冷的殺機，她咬牙切齒道：「就算你不是我的丈夫，我一樣可以殺死你的。」

羅獵像聽小孩子玩笑話一樣，有些倦怠地打了個哈欠，重新閉上雙眼道：「我累了，瞇一會兒，等到了地方你叫我。」

風輕語一字一句道：「我想殺你！」

羅獵道：「不想死的話還是打消這個念頭。」

風輕語果然沒有趁著羅獵睡覺的時候動手，因為她知道自己沒有任何勝算，就算她能殺死羅獵，現在也不是動手的時候，因為她承擔不起殺死羅獵的責任。

羅獵將風輕語看得很透，進一步來說是他將風九青的心思揣摩得很透，在風九青謀奪九鼎的計畫中自己佔有極其重要的地位，離開自己風九青無法成功，正因為如此她才不得不選擇跟自己合作，洪家爺孫的事就是她在主動向自己示好。

風九青認為很瞭解自己，所以她才送上了一個讓羅獵不可拒絕的人情，其實有沒有這個人情在，羅獵一樣都會參與到她的計畫之中，畢竟九鼎之事關乎於自己的父母，對羅獵而言不僅僅是一個秘密，更是一個未曾完成的使命。

羅獵睡得很熟，對一個長期被失眠困擾的人來說，這樣的睡眠是難能可貴的。說來奇怪，他在渡輪航行過程中幾乎全程處於失眠狀態，卻在這顛簸的馬車上陷入了沉睡，甚至忽略了他身邊還有一個殺人如麻的寡婦正惡狠狠盯著自己。

風輕語很快就意識到即便是羅獵現在放棄了反抗任她宰割，她同樣什麼也不能做，殺掉羅獵只能在心裡想想罷了，現在的自己更像是一個守護著，老老實實看著羅獵睡去，老老實實聽著他香甜的鼾聲。

馬車在泥濘的山路上顛簸起伏，約莫三小時之後終於停了下來，風輕語感到自己被顛簸得渾身發痠，伸手推了推羅獵的肩膀，羅獵向一旁撤了撤繼續他的睡眠，風輕語乾脆一把揪住了他的耳朵：「醒醒！」

羅獵醒了，有些不滿地瞪了風輕語一眼：「讓我多睡一會兒不行？」

風輕語道：「你這輩子沒睡過覺？咱們到了。」她掀開車簾跳了下去。

羅獵搖搖頭，伸開雙臂舒展了一個懶腰，也跟著風輕語下了車，發現馬車已經來到了山腳下，四野無人，在前方不遠的地方，有一條山路蜿蜒上行，馬車顯然無法繼續通行，想要繼續向上只能選擇步行，這才是風輕語讓他下車的原因。

羅獵道：「這是什麼地方？」

風輕語指了指山巔道：「等到了你就知道。」

羅獵歎了口氣道：「我越來越覺得這是一個騙局，你什麼都不跟我說，把我帶到這荒郊野嶺，是不是打著謀害我的心思？」

風輕語道：「讓你猜對了，我就是想害你，山上已經給你準備好了墓穴，等咱們走上去，坑就挖好了，到時候我親手把你埋了如何？」

羅獵道：「這裡環境不錯，能夠埋葬在青山之間倒也不失為一件雅事。」

風輕語已經率先向山上走去。

羅獵準備去拎行李箱，風輕語道：「什麼都不用拿，咱們回頭還得下來。」

羅獵心中暗自奇怪，現在已經是中午，這座山峰不矮，在周圍山巒之中最為高聳，粗略估計，海拔也在兩千米以上，一來一回，就算是片刻不停，回到原地也只怕要天黑了，這還要建立在途中順利的基礎上。

羅獵跟上風輕語的腳步，他記得風輕語說過，要帶自己來尋找一位老朋友，低聲問道：「你說的老朋友究竟是誰？」

風輕語道：「等到了你就知道。」

羅獵道：「沒勁，都到了這裡還賣什麼關子。」

風輕語道：「你還是仔細看著周圍，這裡是荒山野嶺，到處都是蛇蟲虎豹，小心沒走到地方就被野獸給吃了。」

羅獵道：「我現在這副模樣不會有野獸感興趣，一把老骨頭了，比不得你細皮嫩肉。」

風輕語聽他這麼說居然笑了：「如果我沒有理解錯誤，你是在恭維我嗎？」

羅獵盯著風輕語的眼睛，風輕語毫不畏懼地和他對視著，以羅獵現在的能力催眠普通的對手並不是什麼困難的事，他本想嘗試悄悄進入風輕語的腦域，可是風輕語明澈的雙眸中似乎籠罩著兩團煙霧，讓人無法看得透，也很難突破這目中的迷霧侵入她的腦域，此女絕非表現出的那麼簡單。

羅獵心中忽然想起了什麼，唇角露出一絲笑意，他輕聲道：「我明白了。」

風輕語道：「你明白什麼？」

羅獵沒有回答，邁開步伐率先向山巔走去。

他們的行程並不順利，走到半山腰就下起了暴雨，兩人都帶了雨衣，可雨實在太大，再加上山風鼓蕩的緣故，雨水無孔不入地從他們的領口袖口鑽入裡面，沒過太久的時間兩人就變得落湯雞一樣，羅獵臉上的妝容也抵擋不住這場暴雨的洗刷，被沖得乾乾淨淨，已經恢復了原來的樣貌。

不過染過的頭髮倒是成功抵受住了暴雨的洗滌，雨下得最大的時候，他們在途中的一個山洞避雨，風輕語打量著羅獵，揶揄道：「你的易容術也不怎麼樣，一場雨就讓你現了原形。」

羅獵道：「還好現在也沒有了偽裝的必要。」他發現山洞上有一行字，湊近一看，卻見上面刻著ｘｘｘ到浮雲山一遊，字刻得很醜，不過幸虧這行拙劣的刻字，不然羅獵還不知道他們現在身處何地。

羅獵道：「這裡是浮雲山？」

風輕語點了點頭，她也看到了上面的字，知道瞞不過羅獵。

羅獵道：「浮雲山的道路應該不是這個樣子啊，放著大路你不走，居然選擇了這條崎嶇艱難的小路。」

風輕語道：「哪有時間耽擱，這條後山的小路卻是最近的一條。」

羅獵道：「欲速則不達，你沒有料到會遭遇這場大雨吧。」

風輕語沒有說話，今天的遭遇正應對了羅獵所說的欲速則不達。

羅獵道：「浮雲山上有個青龍窟，算得上浮雲山最出名的地方了，難道咱們要去青龍窟？」他說的青龍窟乃是浮雲山的一片石窟建築，最大的特徵是釋、道、儒三教混合。不過有人說這青龍窟乃是天下無雙的聖地，有人又說這裡不倫不類，事實上青龍窟的名氣並不大，除了當地人少有人知道這片地方。

風輕語道：「你什麼都知道。」

羅獵道：「咱們來這裡做什麼？燒香還是朝聖？」

風輕語沒好氣道：「找人！」

兩人在山洞中待了一個多小時，外面的雨總算變小，他們重新踏上行程，這場雨下下停停，不過好在沒有此前那麼大，不至於影響到他們的行程。

這一路除了他們兩個沒有遇到其他人，下午四點的時候，道路終於變得開闊，腳下也出現了石階，從這裡開始已經正式進入青龍窟的範圍，道路兩旁洞窟不斷，裡面擺放著林林總總的塑像，因為年久失修的緣故，大都殘破不堪。

除了老君觀和觀音堂之外，其他的地方已經斷了香火。

風輕語在老君觀前停下腳步，指了指老君觀破敗的大門道：「去吧，你的老友就在裡面呢。」

羅獵心中好奇，自己有老友在這裡怎麼不知道？可風輕語帶著自己走了那麼遠，爬了那麼長的山路，總不至於是在故意消遣。

羅獵來到老君觀前，觀門並沒有關，他伸手推開大門，卻見諾大空曠的前院內雜草叢生，大殿的廊柱之間牽著一根麻繩，麻繩上搭著一些衣服，因為接連下雨，這些衣服應當是晾在這裡等候風乾的。

老君觀內並沒有人，大殿內有幾堆灰燼，還有用來燒水做飯的鍋碗瓢勺。

風輕語也跟著羅獵的腳步走了進來，發現老君觀內沒有人，輕聲道：「應該走不遠。」

羅獵正準備詢問之時，聽到外面傳來篤篤篤的敲擊聲，沒多久就看到一個熟悉的身影走了進來，讓他驚喜的是，來人居然是吳傑。

吳傑的鼻子吸了吸，他雖然目盲，可是其他方面的感覺異常敏銳，只是今天的這場雨沖淡了來人身上的味道，饒是如此，吳傑也能夠判斷出來了兩位不速之客，其中一個是女人。

吳傑站在門口不再邁步，冷冷道：「兩位沒聽說過非請勿入的道理嗎？」

羅獵笑道：「吳先生，是我啊！」

吳傑聽到羅獵的聲音臉上的表情這才稍稍緩解，藏在身後的左手露了出來，拎著兩隻野兔，四隻斑鳩，不知道他在目盲的狀況下是怎樣抓住的獵物，吳傑將獵物扔到了羅獵的腳下：「你怎麼知道我到了這裡，居然還帶了人過來？」

羅獵道：「我可不知道先生住在這裡。」

吳傑從他的話裡馬上明白，不是羅獵帶人過來，而是他跟著別人過來。他也沒有繼續追問，低聲道：「去，後面的小溪把這些獵物清理乾淨，晚上咱們好好吃一頓。」

羅獵應了一聲，風輕語望著腳下的獵物道：「不如你們聊天，我去……」停頓了一下又道：「如果你們不怕我下毒的話。」

羅獵居然點了點頭道：「你去吧。」

風輕語拎起獵物離開。

吳傑來到大殿，在他那張破爛的毛竹躺椅上坐下，他的身體雖然單薄，坐下時仍然發出吱吱嘎嘎刺耳的響聲，讓人不禁擔心他隨時都可能將這把椅子壓垮。

吳傑道：「條件簡陋，只有一張椅子，你要是想坐，那邊還有個石墩子。不嫌涼的話，你就坐著。」

羅獵順著他手指的方向找到了石墩子，來到石墩子前方，雙臂稍一用力搬了起來，來到吳傑身邊放下。

吳傑道：「力氣見長，看來那日本娘們兒沒有把你給吸乾。」

羅獵尷尬笑道：「我是僥倖躲過一劫。」

吳傑歎了口氣道：「誰又能想到那娘們兒才是真正的吞噬者，飛鷹堡的事情謝謝你了，如果不是你，我只怕要徹徹底底成為一個廢人了。」

羅獵道：「其實我也不知道先生在這裡，是風輕語將我帶到了這裡。」

吳傑道：「風輕語？剛才那個女人？」

羅獵點了點頭道：「她說是風九青的妹妹。」

「她說你就信啊，風九青的妹妹去幫忙做飯，你還真是心大，她有得是下毒的機會，不怕那女人吧咱們兩個給毒死？」

羅獵笑道：「天下間有誰會幹這種畫蛇添足的事？」

吳傑道：「她怎麼知道我在這裡？」

羅獵也奇怪，如果吳傑沒有將行蹤告訴其他人，風輕語又怎麼會知道？

吳傑雙手揉搓了一下頭髮：「沒可能啊，沒可能被人發現啊！」他雖然雙目失明，可是他的感覺比起正常人還要來得靈敏，他這輩子經歷了無數凶險，之所以能夠平平安安活到現在，也跟他做事小心謹慎有關，即便是這樣，仍然被風九青掌握了行蹤，吳傑歎了口氣道：「我體內的能量被藤野晴子吸走了大半，看來我真是大不如前了。」

羅獵道：「吳先生何時發現自己的身體發生了變化？」吳傑擁有異能已經是無法掩飾的事實，正因為此，才能夠合理解釋吳傑過去一系列的所作所為。

吳傑道：「你千里迢迢來到這裡，就是為了問我這個問題？」

羅獵道：「我真不知道吳先生在這裡隱居。」

吳傑道：「你和風輕語在一起，也就是說，你跟風九青達成了共識？」他心思縝密，已經推斷出一些事。

羅獵道：「風九青邀我一起前往西海尋找九鼎。」

吳傑道：「九鼎？大禹留下的九鼎？」

羅獵點了點頭道：「應該是。」

吳傑道：「大禹留下的九鼎分別置於不同的地方，怎麼可能一股腦投到西海之中，而且九鼎只是傳說，可九鼎什麼樣子，到底有沒有作用，誰也不清楚。」

羅獵道：「無論在不在西海，我都想去看看。」

吳傑道：「你來這裡就是為了找我一起過去？」

羅獵道：「我真不知道吳先生在這裡，不過我現在明白了，吳先生也是她想要合作的對象之一。」

吳傑冷哼了一聲道：「合作？我為何要跟她合作？」

外面傳來風輕語的笑聲：「吳先生好大的脾氣。」

羅獵也有些詫異，連他都未曾注意到風輕語回來，而風輕語還未進入老君觀，就已經將吳傑的話聽得清清楚楚，當然吳傑剛才的聲音的確大了一些。

風輕語將幾樣獵物拾掇得乾乾淨淨，非但如此還順手捉了一條蛇回來，笑嘻嘻道：「又下雨了，反正也不急著下山，給你們添道菜。」她將洗殺好的獵物放在一邊，嗔怪道：「火都沒生，難不成都等著我來動手？」

吳傑道：「有求於人就得禮下於人。」

風輕語笑道：「我可沒什麼事求你，我姐姐說了，等見到了瞎子告訴他，他若是不肯來，就將他當年眼睛的秘密說出來。」她對吳傑說話毫不客氣，要知道吳傑最忌憚稱呼他為瞎子，羅獵忍不住擔心吳傑會被觸怒，當場發作，可吳傑居然一點都沒有表現出生氣，只是歎了口氣道：「我現在知道那娘們兒是誰了！」

風輕語的廚藝不錯，幾樣野味在她的伺弄下色香俱全，只不過她只做不吃，羅獵和吳傑兩人大快朵頤的時候，她就在遠處的廊柱旁坐下。

吳傑似乎忘記了提防，每道菜都是稱讚不已，他這裡雖然簡陋，可還是存了一罈美酒，吳傑也表現出前所未有的興致，和羅獵推杯換盞。

酒過三巡，羅獵忍不住問道：「吳先生怎麼打算的？」

吳傑道：「沒什麼打算，這邊的事了結之後，我就跟著你們一起去西海。」

羅獵道：「這邊還有什麼事情？」

吳傑笑了起來：「喝酒，今晚，今晚這件事就能夠解決。」

風輕語道：「有些人總是喜歡多管閒事。」

吳傑道：「羅獵，她說你呢。」

不等羅獵開口，風輕語道：「我說的是你。」

吳傑將半碗酒喝了個乾乾淨淨，輕聲道：「這輩子是改不了了。」

羅獵不知道吳傑要解決什麼事，不過有件事能夠確定，他們今晚要在山上逗留一夜了。夜幕降臨之後，又一場瓢潑大雨到來，這場雨持續到午夜時分方才結束，羅獵始終沒能入睡，坐在大殿內閉目養神，雨停了，夜風吹動山上的青松翠柏傳來松濤陣陣，這聲音如同海浪起伏，又似野獸呼號。羅獵抬頭望天，天空仍然陰著，夜空中看不到月亮，也見不到一顆星。

距離他不遠的地方風輕語靠在廊柱上睡著了，根據羅獵掌握的資料，藤野晴子是沒有妹妹的，這個風輕語不知真正的身分是什麼。

一陣鈴聲隨著山風飄了過來，鈴聲雖然不響，可是在寂靜的夜晚卻顯得格外明顯。吳傑也聽到了鈴聲，他第一時間站起身來，抓起竹竿快步向外面走去。

羅獵也起身跟了過去，雖然吳傑實力超群，可是在飛鷹堡那場戰鬥之後，吳傑體內的異能被風九青吸去了不少，現在的實力應當大打折扣，羅獵跟上去也是為了以防萬一。

風輕語睜開雙目，看了看兩人一前一後的背影，並未有其他的動作。

出了老君觀的大門，羅獵舉目望去，只見前方山路之上有一條長長的隊伍，粗看並無異狀，可仔細一看，那群人根本不是在正常行走，而是雙臂平伸在山路上一跳一跳的行進，在隊尾處有一名穿著葛黃色道袍的道士，他一手拿著拂塵，一手晃著鈴鐺，剛才他們聽到的聲音就是鈴鐺所發出。

羅獵這才意識到遇到了趕屍的隊伍，過去他曾經聽說過趕屍的事情，但是一直都沒有親眼目睹，想不到今天在這荒山野嶺之中竟然遇到了這種詭異的事。

那群屍體全都穿著清朝的官服，臉色慘白，身體僵硬，在山路上蹦蹦跳跳。

羅獵相信趕屍人應當也看見了他們，趕屍人並沒有驅趕屍體隊伍進入老君觀的意思，而是從道觀西側的一條小路拐了進去。

吳傑拄著竹竿追趕著趕屍人的隊伍。

羅獵不知他因何要追趕，只能快步跟上，低聲道：「吳先生，是趕屍人。」

吳傑點點頭，他也沒有急於追趕上去，始終和趕屍隊伍保持著一定的距離。

那趕屍人也發現他們在追趕，不過趕屍人也沒有停下腳步，就這樣走了約莫三里左右，前方出現了一片空曠的地帶，趕屍人停下腳步，手中的鈴鐺急促搖動起來，那被他驅趕的一具具屍體以趕屍人為中心，形成了一個包圍圈，裡三層外三層將他圍在垓心。

羅獵計算了一下，趕屍人一共驅趕了三十九具屍體，他聽說趕屍的目的是為了將屍體從一個地方轉移到另外一個地方，可趕屍人卻在這裡停止了行進，難道是因為發現了身後有他們在跟蹤？又或是這裡就是趕屍人最終的目的地。

吳傑道：「不要輕舉妄動！」

羅獵道：「您認識他？」這個他指的就是趕屍人。

吳傑道：「他叫高忠壽，是個邪魔外道。」

羅獵道：「他趕那麼多屍體過來究竟是為了什麼？」羅獵剛說完話就聽到一聲低沉的悶吼，這聲音應當是來自於他們的下方。羅獵舉目望去，只見一道銀色的身影從遠處的山崖下飛掠而出，那怪物速度奇快，徑直撲向一具屍體，鋒利的前爪將屍體的胸腹撕裂開來，張開血盆大口，一口就將那屍體的內臟吞了下去。

羅獵此時方才明白，那個高忠壽驅趕屍體過來卻是為了飼餵怪獸。

怪獸體型約有水牛般大小，按理說牠的食量不可能將這些屍體全都吞下去，不過牠有個怪癖，只食屍體的內臟，牠熟練地撕裂開屍體的胸腹，逐一吞食著屍體的內臟。

那趕屍人高忠壽似乎並不害怕那怪獸，就站在原地不動，靜靜觀看怪獸吞食屍體。

羅獵看到眼前的場面覺得噁心，吳傑目盲，剛好不用去看這殘忍噁心的場面。吳傑道：「這怪獸叫江昂，喜食腐屍，別看牠生得凶惡，可對奇珍異寶有著天然的嗅覺，只要是牠棲息的地方通常都會藏有稀世珍寶。」

羅獵心中暗忖，這江昂是從懸崖下爬上來的，牠的棲息處就應當在附近，高忠壽驅趕屍體過來最終的目的還是為了求財，只是這樣的手段實在太過下作，這些屍體何其無辜，被他趕到這裡成為江昂的食物，如果讓死者的親人知道，又該如何難過。

吳傑拍了拍羅獵的肩頭道：「你幫我吸引他的注意力，我去去就來。」說完用力一推，羅獵全無防備，被吳傑從藏身處推了出去。

高忠壽一雙三角眼朝羅獵望去，冷冷道：「你為何跟著我？」

羅獵笑瞇瞇道：「我家的狗丟了，所以過來看看，沒想到在這裡。」他指著那頭江昂，江昂的注意力還在那些屍體上，低頭只顧吞食著內臟。

高忠壽聽他指著江昂說是他家的狗，暗罵他胡說八道，冷笑道：「原來這大狗是你養的，好啊，只是不知道牠認不認得你這個主人。」

他手中的鈴鐺猛然一抖，原本站立周圍不動的殭屍幾乎同時躺倒在了地上，江昂也因為這突然的變故停止了進食，一雙血紅色的小眼睛死死盯住了羅獵。

羅獵見慣風浪，就算怪獸當前也沒有感到任何慌張。江昂兩條粗壯有力的後腿接連蹬地，然後低著頭向羅獵衝了過去，牠的頭頂有兩支半尺長的犄角，在高速前衝之下，殺傷力極大。

羅獵看到怪獸衝來並沒有馬上逃跑，等到江昂距離自己還有兩米處時方才騰空躍起，轉瞬之間江昂已經殺到，因羅獵的起跳而撲了個空，前衝的速度實在太快，一時間無法收住腳步，撞在前方一株合抱粗的大樹上，犄角深深嵌入其中。

高忠壽手中鈴鐺再度響起，原本躺倒在地面上的屍體紛紛站立起來，向羅獵圍攏上去。

羅獵抬腳踢飛了一具屍體，此時江昂將犄角從樹幹中拔了出來，轉身向羅獵的身後撞去，羅獵如同身後長了眼睛一樣，身體向一旁一側，雙手分別抓住了江昂的兩支犄角，雙膀用力，竟然將體型如牛的江昂來了個過肩摔，江昂倒地之時又撞倒了兩具屍體。其餘的屍體仍然蹦蹦跳跳地向羅獵圍攏過來，有些屍體胸腹被江昂扯開，看起來格外噁心。

羅獵發現高忠壽不見了，估計他和吳傑的目的相同，都趁著自己吸引江昂注意力的時候，前往江昂的棲息地去尋寶了。

羅獵從地上撿起一根樹枝，準備大打出手的時候，卻聽到鑾鈴聲響，那群原本圍攻他的屍體停下了腳步，抬頭望去，只見風輕語就站在不遠處的大樹枝椏上，鈴聲是從她手腕上的金鈴發出，風輕語趕來之時正看到這群屍體要圍攻羅獵的狀況，於是果斷出手。

風輕語又搖了搖鈴鐺，那群屍體改變目標向江昂圍攏過去，江昂低頭猛衝，將一具具殭屍挑飛到半空中，一會兒工夫就清出一條道路，繼續向羅獵衝去。

羅獵看準時機，再度抓住江昂的兩支犄角，猛地一個甩背，江昂慘叫一聲，偌大的身軀竟然被羅獵順勢拋了出去，直接墜下了萬丈深淵。

風輕語從樹上輕輕躍下，還未來得及跟羅獵說話，就看到一個滿臉是血的道士，從懸崖下爬了上來，向遠處飛奔而去，羅獵認出是高忠壽，不過他也沒去追趕，高忠壽估計是在吳傑的手下吃了虧。

風輕語道：「那瞎子搞什麼鬼？」她話音未落，吳傑就已現身崖上，吳傑冷冷道：「風姑娘左一個瞎子右一個瞎子，不如我讓你也感受感受瞎子的滋味。」

風輕語道：「只怕你沒有那個本事。」

羅獵充當和事老道：「大家既然選擇合作就無需內鬥，想要分個輸贏也要等咱們這次的任務完結之後。」

風輕語道：「你都看不見，要地圖又有何用？」說完她轉身向老君觀走去。

吳傑的臉色陰晴不定，來到羅獵身邊，將一幅古舊的地圖扔給了他，低聲道：「奇怪，難道她跟蹤我了？怎會知道我得到了地圖。」

羅獵打開手電筒，借著光芒看那幅地圖，只見地圖因為經年日久上面的圖案已經模糊，而且不少地方都浸染了陳舊的血跡，儘管如此仍然可以看出這張圖應當不是地圖，而是某種機械的構造圖。

羅獵向吳傑道：「下面有什麼？」

吳傑道：「死人！」

他不肯說，羅獵也不便強人所難。

## 第三章

# 看不見的線索

吳傑心中暗忖，羅獵的推斷並不是毫無根據的，
天廟、禹神碑、九鼎所有這一切之間看似相隔遙遠，
可仔細一琢磨都有著一條或幾條看不見的線索聯繫在了一起。

翌日清晨，三人下了山，沿著原路返回，天空開始放晴，下山的道路要比他們上山的時候順利許多，還沒到正午就已經回到了他們昨日下車的地方，車夫還在老地方等著他們。

會合之後，即日就開始向西進發。

吳傑為人沉默寡言，在離開浮雲山之後，他的話更是少之又少，即便是羅獵他也懶得搭理，風輕語行事詭異，一路上時常莫名其妙的離去，少則半天，多則五六天，不過每次她都能順利找到羅獵他們。

羅獵甚至懷疑風輕語在他的身上裝了個跟蹤器，不但是羅獵，連吳傑也產生了懷疑，進入草原之後，海拔也開始不斷攀升，一路陪他們走來的車夫產生了劇烈的高原反應，羅獵看他如此痛苦，決定暫時在草原上歇息一天，等到車夫適應之後再走。

風輕語又不辭而別，到現在已經走了三天。

羅獵將烤好的羊腿給吳傑送去。

吳傑用小刀割了塊肉塞入嘴裡，自言自語道：「那娘們走了三天了。」

羅獵道：「她一定會趕上來的。」

吳傑道：「我可不是擔心她，小子，你覺不覺得這件事很奇怪，她每次不辭而別，事後總能找到咱們。」

羅獵道：「興許車夫沿途留下了標記。」其實他已經否定了這種可能，途中他特地觀察了一下車夫，這車夫本本分分，對他們此行的目的並不清楚。

吳傑搖了搖頭道：「我跟他聊過，他應該沒什麼問題。」

羅獵道：「那您覺得問題出在什麼地方？」

吳傑道：「有兩個可能，一，是你跟他們串通一氣，所以我的一舉一動都瞞不過他們的眼睛。」

羅獵哈哈大笑起來。

吳傑自己否認道：「以我對你的瞭解，你小子應該不會做這種事，監視我對你也沒什麼好處。」

羅獵道：「我也沒那麼無聊。」

吳傑道：「排除了這種可能，問題就只能出在我身上了，這也是我百思不得其解的地方。」

羅獵道：「願聞其詳。」

吳傑道：「你有沒有聽說過心靈感應，比如一對雙胞胎，一個在做什麼，另外一個往往能夠感覺到。」

羅獵道：「您不是沒有兄弟姐妹？」

吳傑道：「可是風九青吸走了我的異能，我懷疑她通過吸走的異能瞭解到了我，所以我現在的一舉一動都在她的掌控之中。」

羅獵道：「就算她能夠知道我們的一舉一動也無所謂，反正咱們這次來，也沒想著迴避她們。」

吳傑搖了搖頭道：「她如果知道了我們的缺點所在，那麼就會很容易對付我們，知己知彼百戰不殆，可對咱們來說不是什麼好事。」

羅獵道：「你後悔來了？」

吳傑搖了搖頭道：「到了我這個地步，這世上也沒什麼好怕了，就算死也沒什麼好遺憾的。」

羅獵道：「藤野俊生雖然死了，可是藤野晴子比起他更加可怕，藤野晴子雖然沒有將您當成首要的敵人，可是我擔心……」

吳傑道：「你擔心她找到九鼎，利用九鼎做壞事，甚至危及中華社稷？」

羅獵擔心的遠不止這些，藤野晴子的身上擁有著太多的秘密，她甚至知道當初母親的一些事，剛才吳傑的一番話讓羅獵心驚不已，如果藤野晴子通過吞噬能量而獲得對方的記憶，那麼她關於自己母親的秘密是不是通過同樣的方式得來？

如果當真如此，那麼母親的秘密是不是已經被藤野晴子知道，這種可能很大，否則她為何如此積極地尋找九鼎？

吳傑從羅獵的沉默中感受到了什麼，他低聲道：「羅獵，你是不是有什麼事情瞞著我？」

羅獵坦然道：「有一些。」

吳傑點了點頭道：「你不用說，我也不會問。」他對羅獵算得上瞭解，以羅獵的性情，如果方便說，絕不會隱瞞自己。

羅獵並非有意隱瞞，而是因為他心中藏著的這些事對其他人來說簡直是匪夷所思，任何人都不會相信自己的父母來自於未來。而自己的身世和眼前的任務並無太大的關係，他也沒必要將這件事告訴他人。

羅獵道：「風九青如果不斷吞噬他人的異能，最終會強大到怎樣的地步？」

吳傑道：「水滿則溢月盈則虧，她的身體縱然強悍，最終也會達到極限，上次在飛鷹堡，她之所以放開你，就是因為她無力再吸取你體內的異能，自身的容量已經達到了極限。」

羅獵道：「吳先生記不記得我的身體曾經融入了一顆慧心石？」

吳傑點了點頭，那還是在天廟時發生的事，如果羅獵當初沒有吸收慧心石的能量，天廟之戰中就不可能戰勝雄獅王，包括他在內的所有人或許都已遇害。

羅獵道：「天廟之戰以後，我本以為那顆慧心石的能量已經損耗殆盡，可是那天在飛鷹堡的時候，風九青試圖吸取我體內的能量，她沒有成功，卻誤打誤撞將慧心石再度啟動。」

吳傑此時方才明白因何風九青會突然離去。

羅獵道：「可能是她看中了我這一點，所以才選擇跟我合作。」

吳傑道：「我有種預感，能夠對付風九青的人只有你。」

羅獵笑了起來：「風九青應該掌握了《黑日禁典》，換而言之她繼承了當年昊日大祭司的畢生心得，她通過吞噬的方式得到了強大的異能，如果將兩者融會貫通，我應該不是她的對手。」

吳傑道：「如果風九青只是為了征服這個世界，以她現在的能力就已經可以做到，為何還非要尋找九鼎？九鼎對她真正的意義是什麼？」

羅獵搖了搖頭，他並不知道。

羅獵道：「吳先生，有件事我始終在懷疑。」

吳傑點了點頭，鼓勵他把話說出來。

羅獵道：「我發現異能者幾乎都和兩件事有關，一是九鼎，二是禹神碑。」

吳傑道：「你懷疑這些遠古遺留下來的東西都蘊含著某種神奇的力量？」

羅獵道：「禹神碑位於九幽秘境，但凡近距離接觸到禹神碑的人，或多或少都發生了身體上的變化，而日本人的追風者計畫，他們所用的化神激素，最早得自於麻博軒的血液。」

吳傑道：「也不盡然，我並未接觸過禹神碑。」

羅獵道：「就算未曾接觸禹神碑，也一定接觸過禹神碑或九鼎相關事物。」

吳傑心中暗忖，羅獵的推斷並不是毫無根據，天廟、禹神碑、九鼎所有這一切看似相隔遙遠，可仔細一琢磨都有著一條或幾條看不見的線索聯繫在一起。

吳傑道：「沒有證據的推斷只能是臆測。」

羅獵道：「雄獅王、龍玉公主這些人的能力遠超常人，西夏王陵所遇一些東西已經無法用現代科技進行解釋，難道吳先生就不覺得奇怪？」

吳傑道：「山海經中的珍禽異獸當世又有幾人見過？沒見過並不代表牠們不存在，或許我們的認知達不到，又或者牠們以某種不為人知的方式隱藏起來。」

羅獵抬頭遙望天空道：「浩瀚宇宙，星辰數以億計，我們所生存的地球只不過是其中之一罷了，吳先生覺得除了我們之外的星球是不是同樣存在著生命？」

吳傑道：「我沒有聽說過。」

羅獵道：「就算我們生存的世界也有太多無法解釋的謎題，比如說九鼎，九鼎真正的作用是什麼？」

吳傑道：「治水嘍！」

羅獵道：「洪荒時代，人力物力極其匱乏，想要疏導河道，治理洪水談何容易，也只有神才能辦到。或許，神就是人，是超出我們認知的人。」

吳傑笑了起來：「這種事輪不到咱們去管，也輪不到咱們去想。人也罷，神也罷，誰也不可能長生不死。」他用小刀削了塊烤肉塞到嘴裡，吳傑已經明白了羅獵的目的，羅獵顯然是要阻止風九青的。但是風九青將自己引入局中到底是何目的？吳傑不由得陷入沉思。

遠處傳來悠揚的歌聲，牧民驅趕著羊群正在返回營帳，吳傑側耳傾聽歌聲，悠然神往道：「還是他們生活得快樂。」

羅獵道：「每個人的要求不一樣，快樂的標準也不一樣，日出而作，日落而息，放馬南山，逍遙自在，看似令人神往，可這樣活一輩子，只是獲得狹義上的自由罷了。」

吳傑微笑道：「你的志向比我遠大，要求自然比我高一些。」

羅獵道：「如果吳先生當真喜歡這種生活，你隨時都可以得到，為何至今仍然沒有選擇這種生活？」

吳傑沉默了下去，他有自己的志向，他是獵魔人，他的一生都在致力於驅妖斬魔，並為此付出了慘痛的代價。何時才能結束？吳傑甚至連自己都無法回答這個問題，他低聲道：「我想過的，在藤野俊生死後，我想過從此消失於大家的視線中，找個無人認識我的地方，平平靜靜地過完下半輩子，可沒想到你們這麼快就找了過來。」

羅獵道：「藤野俊生雖然死了，可事情仍未結束。」

吳傑道：「長江後浪推前浪，一代新人換舊人。」說出這句話的時候，他心中已經做出了決定，自己老了，在損失了過半異能之後，吳傑的內心中產生了懈怠感，他不可能永遠從事獵魔人的職業，而羅獵這些年輕人的出現讓吳傑看到了希望。等眼前的事情完結之後，自己就要徹底離開，回歸到平靜的生活中。

吳傑的心中有一些秘密，等他決定離開的時候，他會將這些事毫無保留地告訴羅獵。

吳傑道：「假如這次真的能夠找到九鼎，你會如何處置？」

羅獵道：「我並不清楚九鼎的作用，如果風九青想利用九鼎做壞事，我寧願將之毀去。」

吳傑道：「風九青這個女人不簡單，她明明知道我們和她不是一條心，仍然選擇與我們合作。」

羅獵道：「那是因為她有戰勝咱們的把握，還有一個原因就是，缺少我們的幫助，她無法順利達成目的。」

吳傑道：「她到底想利用你什麼？」

羅獵猶豫了一下，終於還是道：「我見過禹神碑，而且，我想我是這世上唯一見過禹神碑上面碑銘內容的人，可我無法證明這些內容和九鼎有關係。」

吳傑道：「大禹碑銘記載了九鼎的位置？」

羅獵搖了搖頭道：「上面並沒有標注出九鼎的位置，更像是……」他欲言又止，大禹碑銘更像是一部繁雜的機械操作手冊，在他最初見到真正的大禹碑銘的時候，並不明白上面文字的真正意義，隨著時間的推移，隨著他對九鼎認識的加深，他開始意識到大禹碑銘極有可能是關於九鼎的操作手冊，當然這建立在九鼎就是父親口中代表外太空高科技文明的設備的基礎上。

羅獵道：「更像一本深奧難懂的手冊。」

在吳傑看來，羅獵並未將他所知道的一切和盤托出，吳傑也不想勉強羅獵，他低聲道：「深奧難懂？」

羅獵道：「禹神碑上所用的文字是夏文，這種文字早已失傳，當世之中很少有人認識夏文，麻雀的父親麻博軒教授就是從事夏文的研究和挖掘，即便是以他的學識，能夠認出的夏文也不過三十幾個。」

吳傑道：「你認得夏文？」他開始明白羅獵所謂深奧難懂的意思了。

羅獵道：「認得一些，是我爺爺傳下來的。」在這一點上他並沒有隱瞞，最近一段時間發生了許多事，羅獵發現風九青、宋昌金這些人應當認得自己的母親，而母親之所以選擇嫁入羅家，其用意到底是為了躲避她的那些同伴，還是另有目的？

羅獵每次想到這裡都會主動迴避問題，在他的心中母親是偉大且善良的，如果沒有母親的犧牲就不會有自己的今天，可母親的過早離去也留給了他太多的迷惑，這些迷惑無人能為他解答。

吳傑道：「風九青知道嗎？」

羅獵搖了搖頭。

吳傑道：「麻雀之所以入局，是因為她懂得一些夏文。」

羅獵道：「她並沒有異能，所以這次的行動我最擔心的反而是她。」

吳傑道：「生死有命，每個人都有自己的宿命，羅獵，我有種奇怪的感覺，關於風輕語。」

羅獵點頭，又想到吳傑看不到自己的舉動，低聲道：「吳先生不妨明說。」

吳傑道：「我雖看不到她，可我卻有種感覺，感覺她和風九青很像。」

羅獵不由得想起吳傑曾經對自己說過的話，有些時候用眼睛看到的未必是真的，有些假像正是通過你的眼睛去迷惑你，羅獵道：「你懷疑她們是一個人？」

吳傑搖了搖頭道：「我不知道，可我總覺得兩人有某種類似之處。」

羅獵道：「此前我去毀掉黑堡的時候，曾經遇到一支隊伍，他們每個人都長得一模一樣。」

吳傑道：「多胞胎？」

羅獵搖了搖頭道：「誰也不可能同時生出幾百個，他們是複製出來的。」

吳傑愕然道：「複製？」

羅獵簡略將複製概念給他講了，這概念對吳傑而言簡直是匪夷所思。他喃喃道：「無父無母，自體繁殖，簡直是有違天道，藤野家做這種事不怕遭天譴？」

羅獵道：「我懷疑藤野俊生都是從黑日禁典中學到。」

吳傑道：「如此說來黑日禁典果然是一本邪書。」

羅獵道：「藤野家族並未將此書上繳日方政府，也算得上不幸中的大幸。」

吳傑道：「藤野俊生野心勃勃，不過此人的眼界和格局終究小了一些。」

羅獵道：「如果不是因為他自私，日本就能夠通過黑日禁典這本書征服整個世界。」

吳傑道：「也許藤野俊生並沒有真正得到黑日禁典，他們家族的內部分裂耽擱了研究的進程。」

羅獵點了點頭道：「不錯，風九青也就是藤野晴子和藤野俊生勢不兩立，根據我的瞭解，應當是當年因為那本黑日禁典，藤野俊生兄弟鬩牆，為了成為藤野家族的話事人，他不惜謀害了自己的親哥哥，藤野晴子預感到自己的危險之後逃出日本，同時也帶走了她父親的研究成果。」

吳傑道：「這麼多年來藤野俊生始終沒有放棄對她的追殺，可他並沒想到藤野晴子也變成了吞噬者，反戈一擊將他幹掉。」他吸了吸鼻子道：「她來了！」

羅獵其實已經在吳傑之前看到了風輕語，風輕語一身黑衣騎著一匹黑色的駿馬，策馬馳騁在遼闊的草原之上，風輕語來到營地旁翻身下馬，笑道：「你們倒是自在。」

羅獵道：「比不得你，獨來獨往，馳騁四方。」

風輕語道：「聽著好像在責怪我到處亂跑呢，我是去打探消息了。」

羅獵道：「都說說，有什麼消息啊？」

風輕語道：「我姐已經到了西海，麻雀他們的考古隊一周內也能夠抵達，現在最慢的就是我們了。」她此時方才留意到車夫並不在，問道：「車夫呢？」

羅獵指了指營帳道：「上高原之後他就反應得厲害，休息呢。」

風輕語道：「他若是不成就讓他一個人留下，咱們得儘快趕路了，沒時間總等著他。」

吳傑道：「有道理。」

羅獵道：「也不在乎多等這一夜，天就要黑了，摸黑上路非常危險，這草原看似平靜，可途中遍佈沼澤，一旦陷進去就麻煩了。」

吳傑道：「也有道理。」

風輕語道：「算了，等明天一早咱們就出發。」

在羅獵不辭而別之後，麻雀一行加快了行進速度，所以他們反倒比羅獵的進程更快，一路之上麻雀都在留意羅獵的消息，只可惜並沒有發現羅獵的影蹤。

他們已經到了夏河附近，在參拜了拉卜楞寺之後，他們決定在當地調整一天，此地距離西海已不遠，順利的話一周內就能抵達西海事先約定的聚集地點。

麻雀沿著經筒長廊慢慢走著，她用手指轉動著每一個經過的經筒，心中默默祈禱著羅獵平安。其實她明白羅獵不可能出事，羅獵應當是主動選擇離開的，在她發現羅獵離去的時候，首先感到的是憤怒和失望，她認為羅獵主動離開了她，可當她發現軍警在宜昌碼頭嚴陣以待的時候，才明白羅獵應該是提前預知了危險，所以才選擇離去。

麻雀知道，問題應當出現在自己的隊伍中，這支隊伍有人告密，所以羅獵才會一而再再而三的被人追捕。

「麻雀！」身後傳來肖恩的聲音。

麻雀並沒有停下腳步，仍然執著地按照她原有的步伐行走著，肖恩大步追趕上去，很快超越了麻雀，在麻雀轉動下一個經筒之前擋在了她的前方，麻雀有些不悅地瞪了他一眼：「別妨礙我祈禱。」

肖恩道：「你在為那個人祈禱嗎？」他口中的那個人指的就是羅獵。

麻雀道：「我的事情不需要你管。」

肖恩道：「他是一個罪犯，我就不明白……」

「你住口！」麻雀憤怒地叫道，她不允許任何人侮辱羅獵。

肖恩恨恨點了點頭道：「我知道你喜歡他，你被感情沖昏了頭腦，難道你看不出他根本不在乎你，根本就是在利用你。」

「滾開！」麻雀的憤怒已經徹底被點燃了。

肖恩還想說話，可不遠處一個低沉的聲音道：「她讓你滾開，難道你沒聽清楚？」

麻雀抬頭望去，卻見不遠處，兩名男子並肩站在那裡，這兩人她都認得，一個是張長弓還有一個是陸威霖，說話的是張長弓。

麻雀心中愕然，沒想到他們兩人居然會在這裡出現，可馬上又感到欣喜，他們兩人都是羅獵的好朋友，既然他們在這裡出現，就證明羅獵也在不遠處。

肖恩滿腔的憤怒頓時向這兩位不速之客轉移，他指著張長弓道：「你在說我嗎？」他一邊向張長弓走去，一邊去摸自己的手槍。

麻雀擔心出事，趕緊追上去擋住了肖恩，大聲道：「肖恩，他們都是我的朋友。」

陸威霖望著肖恩，他的表情充滿了冷漠的殺機：「肖恩？不想死的話就把槍放回去。」

張長弓向前邁出一步，右腳落在青石板之上，只聽到石材龜裂的聲音，他竟然一腳就將那塊青石板踏得粉碎，肖恩看到眼前的一幕，頓時停下了腳步，剛剛摸到槍套的手又緩緩垂落了下去，好漢不吃眼前虧，他不是傻子，知道眼前的兩人都是厲害角色。如果正面衝突起來，自己絕對落不到什麼好處，還很可能在麻雀的面前失了面子。

肖恩點了點頭道：「你的朋友？好，看在你的面子上，我不計較。」他倒是會借坡下驢。

誰都知道肖恩在找台階下，麻雀也不想他太過難看，輕聲道：「肖恩，你先回去吧，我和兩位老朋友說說話，會儘早回去的。」

肖恩雖然不想讓麻雀留下，可他也沒什麼理由，自己如果堅持留下肯定會自取其辱，所以還是見好就收，肖恩向麻雀交代了一句，這才離開。

麻雀來到兩人面前，輕聲道：「張大哥，陸大哥，見到你們真好！」

張長弓和陸威霖都露出友善的笑容，兩人和麻雀早就相識，而且有過共同出生入死的經歷，縱然許久不見，彼此之間的那份真摯友情仍未變淡。

陸威霖望著遠去的肖恩道：「那外國人是誰？好沒禮貌？」

麻雀道：「朋友，也是我的贊助人。」她向周圍看了看，裝出無意識地問道：「對了，羅獵沒跟你們一起啊？」在她的印象中，羅獵和他們幾個向來都是秤不離砣的關係，興許羅獵就跟他們在一起。

張長弓的回答讓麻雀失望了：「我們沒和羅獵一起，對了，我們收到了一封信，說是羅獵跟你在一起啊，還說羅獵需要幫手，於是我們幾個才趕過來了。」

麻雀驚奇道：「什麼？誰跟你們寫的信？」

張長弓沒有回答，陸威霖道：「羅獵沒跟你在一起啊？」

麻雀點了點頭，她簡單將自己和羅獵在應天見面，並達成合作協定的事情說了，也說了羅獵在宜昌失蹤的事情。

陸威霖道：「如此說來，羅獵在宜昌就一個人走了？」

麻雀道：「也許不是一個人，和他一起失蹤的還有一個女人，那女人從宜昌起我就沒見過。」

張長弓和陸威霖對望了一眼，羅獵認識的女人還真不少，只是麻雀並不認識那女人，由此判斷那女人應當不是蘭喜妹。

麻雀問道：「你們這次來了多少人？」

張長弓道：「我們兩個加上阿諾，他喝多了，在休息呢。」

麻雀道：「羅獵雖然失蹤，可是我想他不會有什麼事情，我事先和他約好會和的地點，他應當會去那裡見我吧，畢竟他答應過我這次會幫我。」

陸威霖道：「只要是羅獵答應的事情，就一定會去做。」

麻雀笑了起來，其實她也是這麼想的，如此看來，羅獵的離開只是暫時的，用不了太久時間他們就會相見。她輕聲道：「既然遇到了，大家可以一起走，相互之間也好有個照應。」

張長弓點了點頭，和麻雀約定明天出發的時間地點，他們就此分手。

麻雀離開之後，陸威霖忍不住抱怨道：「羅獵這小子真不夠意思，這麼大的事情居然沒有通知我們。」

張長弓道：「他一定有自己的想法，風九青的厲害你也見識過，我想羅獵應當是不想咱們為他冒險吧。」

陸威霖道：「明知山有虎，偏向虎山行，羅獵明明知道風九青不是好人，為何要選擇跟她合作？」

張長弓道：「這你得去問他，不過這小子不肯通知咱們，又是誰給咱們寫了這封信，讓咱們過來幫忙呢？」

陸威霖道：「肯定不是麻雀，麻雀都不知道咱們過來。」

張長弓跟著點了點頭，他顯然認同陸威霖的看法。

陸威霖道：「是不是風九青？」

張長弓道：「有這個可能，不過她讓咱們來做什麼？給羅獵當幫手，對她又有什麼好處？」

陸威霖道：「女人的想法很奇怪，興許她覺得自己完全能夠控制住局面，讓咱們摻和進來，只是想利用咱們來威脅羅獵？」

張長弓不屑道：「她只怕沒那麼大的本事。」

陸威霖道：「你這麼有信心？」

張長弓道：「不是我對自己有信心，而是對羅獵有信心。」

羅獵仍然失眠，一個人站在營帳外，抬頭望著空中星河，或許是因為海拔高度的緣故，這裡的星河格外清晰，羅獵陶醉於這美麗星空夜景的時候，突然聽到遠方傳來陣陣馬蹄聲，從馬蹄聲可以判斷出來的應當是一支隊伍，且人數不少。

風輕語也聽到了動靜，她從營帳中走出，另外一座營帳內吳傑也發出了咳嗽聲，他們三人都是感覺敏銳之人，都察覺到這一異常的狀況，只是吳傑並未急著出來。

風輕語來到羅獵的身邊道：「好像有馬隊過來。」

羅獵點了點頭道：「迴避一下。」其實他們的周圍都是一望無際的大草原，想要找個地方藏身並不容易。

風輕語道：「熄滅燈光，原地隱蔽，希望他們不會發現咱們。」

可很快他們就意識到那支隊伍是有備而來，這是一支大約二百人的隊伍，他們朝著營地行進，顯然擁有著明確的目的。

吳傑從營帳內走了出來，低聲道：「估計是白天就已經發現了咱們，咱們藏不住了。」

羅獵道：「馬賊？」

吳傑道：「應當是，咱們進入草原後一直都很太平，想不到在這裡遇上了。」他的語氣依然平靜，對方的人數雖然不少，可是憑著他們三人的實力，就算無法將對方盡數殲滅，突圍出去也應該問題不大。

風輕語已經牽來了她的坐騎，翻身上馬，向兩人道：「既然有人過來送死，我剛好活動一下筋骨。」

羅獵道：「要不要幫忙？」

風輕語搖了搖頭道：「你們歇著吧，我能對付。」她說完揚鞭在馬臀上重重抽了一記，駿馬發出一聲嘶鳴，朝著遠方黑壓壓的隊伍飛馳而去。

吳傑道：「我守著營地，你去看看。」

羅獵道：「她不稀罕我幫忙。」

吳傑道：「看看她的出手有什麼特點。」

風輕語宛如一道黑色閃電向對方的陣營衝去，她從背後抽出兩柄長刀，宛如兩泓秋水般的長刀因為駿馬的奔行而拖迤出兩道長長的寒芒。

咻！咻！咻！咻！馬賊的陣營顯然已經發現了這主動衝向他們的騎士，在馬賊看來縱馬前衝的風輕語等同於飛蛾撲火，不等她殺入己方陣營，就會被亂箭射死。

然而現實卻讓他們大吃一驚，風輕語手中雙刀揮舞，射向她的箭矢盡數被她擊落，轉瞬之間，風輕語已經殺入馬賊的陣營，一刀橫削而出，將最先接近她的馬賊攔腰斬成兩段。

羅獵翻身上馬追逐著風輕語的腳步，他沒有急於接近敵營，看到風輕語雙刀上下翻飛如入無人之境，心中已經明白，就算沒有自己幫忙，風輕語也完全可以應付眼前的局面。他當然也清楚吳傑讓自己過來的目的，是想讓他觀察風輕語的異能，就目前來說，風輕語表現出的只是她強悍的武力，並沒有特別異能的表現。風輕語雖強悍，可是一時間也無法將馬賊殺絕，很快陷入馬賊的包圍圈中。

羅獵正準備上前援手時，忽然聽到空中傳來撲啦啦的振翅之聲，舉目望去，卻見夜空有一群禿鷲飛臨，這群禿鷲集結而來，遮住了星光，宛如一大片黑雲來到了馬賊隊伍的上方，然後禿鷲開始俯衝向下，朝著那群馬賊發動了集體攻勢。

馬賊原本就被風輕語殺得陣營打亂，現在又有禿鷲助陣，二百餘人的馬賊隊伍頓時鬥志全無，有部分已經開始撤退。

風輕語殺性極大，縱然看到馬賊開始撤退，仍然沒有就此放過他們的打算，揮刀繼續追趕上去，斬殺落後的馬賊，在她心中渾然沒有窮寇莫追的概念。

那些禿鷲也極其凶殘，將馬賊從馬背上撲倒，牠們不管人馬，一律攻擊，通常都是幾隻禿鷲圍攻一個目標，現場慘呼聲哀嚎聲不斷。

羅獵並未深入戰場，他看出大局已定，如果自己靠得太近反而有可能引火焚身，於是他調轉馬頭返回了營地。

吳傑站在營帳前，一手拄著竹竿，側耳傾聽著遠方的動靜，聽到羅獵回來，他低聲道：「我聽到有禿鷲群降臨。」

羅獵點了點頭道：「那些禿鷲應當是風輕語召喚來的，想不到她居然能夠驅馭禿鷲。」

吳傑道：「馭獸師？或許她的本領還不止這些。」

說話之時，突然有一道黑影從空中急電般俯衝了下來，卻是一隻落單的禿鷲，牠將目標鎖定在吳傑身上，一雙利爪抓向吳傑的面門，不等禿鷲接近吳傑，一道寒光已經從羅獵的右手中飛了出去，卻是羅獵搶先射出一柄飛刀，飛刀從禿鷲的右眼中灌入，從對側的左眼中露出鋒芒，那禿鷲顱腦被貫通，立時絕命，連聲息都沒有發出就跌落在吳傑的腳下。

吳傑雖然目不能視，卻也憑著聽力知道發生了什麼，輕聲讚道：「好刀法！」手中的竹杖緩緩落在了地上，有羅獵在場，應當不用自己出手。

風輕語帶著那群禿鷲將馬賊的隊伍殺得潰不成軍，至少有一半馬賊死於當場，風輕語追殺出十里方才折返回來，那群禿鷲也追隨她歸來，落在草原上享受牠們的勝利果實。

風輕語在接連斬殺多名馬賊之後顯得頗為興奮，看到羅獵守住營帳並未前往幫助自己，禁不住道：「還說什麼合作？我上陣殺敵時你怎麼不過去幫忙？」

羅獵笑道：「以風姑娘的本領壓根不需要我幫忙，我若是跟上去，就怕幫不了你，反倒礙了你的眼。」

風輕語道：「油嘴滑舌，不知道那些女人是不是瞎了，居然會喜歡你這種男人。」

言者無心，聽而有意，吳傑怒道：「瞎了又怎地？你一路之上動不動就嘲諷我這個瞎子，真以為我沒脾氣嗎？」

羅獵也沒想到吳傑居然會突然發作，內心一怔，卻見吳傑已經揚起手中的竹杖刷的一聲向風輕語面門點去，吳傑的出手快如疾風，又毫無徵兆。

風輕語反應速度也是奇快，右手一分，手腕外旋，一把就抓住了竹杖的頂端。

羅獵已經看出吳傑應當是借機發難，他要親手掂量一下風輕語的能耐。

兩人各自持有竹杖的一端，同時向後一扯，雙方的實力應當在伯仲之間，力量相互抵消，彼此身軀都晃動了一下，卻都沒有移動腳步。吳傑心中已經有了回數，他原本以為風輕語就是風九青，可這次出手卻考校出風輕語的真正實力，風輕語和自己的力量不相上下，但是比起風九青還要差上不少。行家一伸手就知有沒有，吳傑從這次的交鋒中已經基本排除了風輕語是風九青的可能。

羅獵並沒有出手阻止他們，因為他聽到草叢中傳來一聲哀嚎，羅獵舉步向聲音發出的地方走去，原來是一名裝死的馬賊，這馬賊本已騙過了其他人的眼睛，可是卻沒有躲過禿鷲的攻擊，禿鷲以為是一具屍體，所以過來享受戰利品，嘴喙啄食這假死的馬匪之時，這廝再也裝不下去，慘叫著爬起想逃，沒走兩步，被禿鷲從後方用利爪抓住後心的衣襟。

羅獵走過去驅走了那禿鷲，將已經嚇得魂不附體臉色灰暗的馬賊踏在腳下。

那馬賊嚇得戰戰兢兢，顫聲道：「大……大爺……饒命……饒命……我……

我是馬……馬大帥的部下……」

風輕語也鬆開了竹杖，狠狠瞪了吳傑一眼，走了過來，向那馬賊道：「哪個馬大帥？」

馬賊道：「馬……馬玉……良……馬大帥……」

風輕語道：「如此說來，你們不是普通的馬賊，是馬玉良麾下的兵？」

羅獵在馬賊的身上搜查了一下，果然在他的上衣口袋中找到了一個證件，證件表明他果然屬於馬玉良麾下的士兵，屬於正式編制。馬玉良乃是西海周邊最大的軍閥，他控制西海周邊區域，勾結奴隸主欺壓當地百姓，只是誰都沒有想到這個大軍閥居然還讓手下人冒充馬賊到處打劫。

風輕語道：「馬玉良不是打著剿匪的旗號說什麼替天行道伸張正義，卻原來是個賊喊捉賊的混帳。」

那馬賊哆哆嗦嗦道：「你們既然知道馬大帥……就應當知道他的厲害……最好放了我……不然……」

「不然怎樣？」風輕語惡狠狠道。

那馬賊遇到她陰惻惻的眼神，再不敢說話。

風輕語道：「你走吧！」

馬賊沒想到她居然這麼容易就放過了自己，心中又驚又喜，慌忙從地上爬了起來，向遠方逃去，可沒走幾步，十多隻禿鷲就從四面八方包圍了過去，將那馬賊撲倒在地，利爪和嘴喙宛如雨點般撕裂了那馬賊的皮肉。

羅獵遠遠看著，聽到那馬賊撕心裂肺的慘呼聲，不禁皺了皺眉頭，這風輕語行事乖戾，也實在太殘忍了一些，就算那馬賊該死，一刀殺了他就是，也無需讓這些禿鷲將他分屍。

吳傑道：「馬玉良，那人可是這一帶的土皇帝，今天殺死了那麼多他的手下，只怕他不會善罷甘休。」

風輕語道：「你害怕啊？如果害怕大可以選擇回去。」

吳傑冷冷道：「只可惜邀請我過來的不是你，腿長在我身上，我想去哪裡就去哪裡。」

肖恩對張長弓三人的加入並不歡迎，即便是三人中有和他同樣來自於歐洲的阿諾，阿諾對這位歐洲老鄉卻表現出超級的熱情，主動伸出手去自我介紹道：「你好，肖恩爵士，我是阿諾。」

肖恩點了點頭，並沒有伸手去和阿諾相握，因為他早就聞到了來自於阿諾身上隔夜宿酒的味道，像阿諾這種人，在歐洲也只能是一個流浪漢，他們地位不同，自己是上流社會，一個被皇室冊封的爵士，他從心底是看不起阿諾的。

阿諾遭到對方的冷遇不由得有些尷尬，他訕訕笑了笑，將手放了下去。陸威霖走了過來，拍了拍他寬厚的肩膀道：「熱臉貼個冷屁股，人家不待見你。」

阿諾呸了一聲道：「有什麼了不起。」

肖恩道：「幾位既然加入我的考古隊，希望大家就要遵守我這邊的規矩。」

陸威霖冷冷道：「你好像搞錯了，第一我們沒有加入你考古隊的意思，第二你的規矩在我們眼中屁都不是，第三你要搞清楚這是在什麼地方，要守規矩也要先遵守我們的規矩。」

阿諾道：「面子都是相互給的，這位肖恩先生好像對我們抱有敵意，話不投機半句多，咱們自己走得好好的，何必跟他們一起，看他的臉色。」

麻雀此時走了過來，雖然不知道剛才他們之間說了什麼，可看到幾人的臉色就猜到他們之間發生了不快，輕聲道：「肖恩，他們都是我的朋友，如果你有什麼事情可以對我說。」

肖恩道：「在你眼裡，任何人都比我要重要得多。」說完這句沒頭沒腦的話，他轉身就走了。

阿諾向麻雀笑了笑道：「你這位朋友脾氣很大啊。」

麻雀歉然道：「不好意思，肖恩一直都是這個樣子，他的本性其實不壞，只是對陌生人不夠友好。」

陸威霖道：「他好像很喜歡你啊。」

麻雀因他的這句話而紅了臉，搖了搖頭道：「我和他只是普通朋友。」

阿諾道：「你這麼想，只怕人家並不是這樣想，普通朋友會陪著你不辭辛苦地跑到這窮鄉僻壤？普通朋友願意花這麼多的錢支持你考古？」

麻雀道：「他對中華文化擁有著濃厚的興趣，在我認識他之前，他就是研究東方歷史的。」

陸威霖道：「最煩的就是這種人，惦記上了人家的寶貝，整天都想著弄點兒回去，如果沒有這些人在，我們中華的寶貝也不會有那麼多流失出去。」

阿諾道：「對了，羅獵是不是被他給氣走了？」

麻雀搖了搖頭，心中卻明白，羅獵之所以選擇離去，應該和肖恩的敵視有一定的關係，連麻雀自己都在懷疑，羅獵的身分之所以暴露可能與肖恩有關，但是在缺少確切證據的前提下，她並未將此事提出。

請張長弓三人加入考古隊，一是因為他們擁有著共同的目標，還有一個重要原因就是麻雀發現了肖恩越來越強的控制力，想借此來平衡考古隊內的關係。

出去探察消息的張長弓這時回來了，他一進門就歎了口氣道：「不好了，聽說前往西海的道路全被封了，最近三個月任何人都不得進入西海附近十里內。」

麻雀愕然道：「為什麼？西海這麼大，他封鎖得過來嗎？」

張長弓道：「西海雖大，可是通往西海的道路就只有那幾條，聽說這次是馬玉良親自下令，據說，這三個月他們在西海附近有軍事行動。」

陸威霖道：「西海乃是當地的聖湖，馬玉良封鎖西海等於封鎖了信徒的朝聖之路，這件事肯定會引起當地人的反對。」

麻雀道：「如果這件事屬實，咱們必須要重新規劃路線了。」

西海封禁的消息迅速傳遍了整個高原，羅獵一行也得到了這個消息，這讓他們不得不對原來的計畫進行修正，不過還好馬玉良封鎖的都是通往西海主要路線，正如麻雀所說，西海的範圍過大，他不可能將所有的道路都封鎖起來，正所謂百密一疏，只要想進入其中，還是有途徑可以到達的。

越是臨近西海，羅獵的心中就越是平靜，他考慮了種種可能，而禹神碑上面所鐫刻文字的意義，他也在心中慢慢融匯，這些文字絕不是給大禹歌功頌德的道德文章，也不是什麼練氣口訣，通篇和九鼎都有著極其密切的關係。

大禹碑銘的內容晦澀難懂，羅獵相信有許多的內容應當在他見到真正的九鼎之後才能夠得到解答。風九青之所以選擇和自己合作，應當在這些方面有所覺察，羅獵甚至懷疑風九青很可能知道了自己心底的秘密。

高原上的警戒明顯增強了，風輕語意識到這件事很可能和他們此前對馬賊的屠殺有關，當時她並沒有能夠將所有馬賊屠殺殆盡，逃走的那批人應當將事情向馬玉良稟報，從而導致了現在風聲鶴唳的局面。

為了避免不必要的麻煩，他們儘量選擇小路繞行，這樣一來路途變得曲折許多，也耽擱了不少時間，原本十天能夠完成的道路，足足花費了多一倍的時間。

臨近西海，可以看到大片的油菜花田，這種在江南三月就盛開的作物，在西海附近卻晚了五個月，站在大片的油菜花田內，恍然有種時間倒流的感覺。

羅獵站在高處望著這大美的景色，一塊一塊金黃色的油菜花田鑲嵌在綠色的草原上，宛如綠色的海洋中飄著一面面金黃色的旗幟，在目力所及的遠方，有一大片澄澈的藍，那藍色深邃而晶瑩，宛如寶石鑲嵌在綠色的草原中，如果草原是王冠，那塊深藍色的西海就是王冠上最為璀璨的一顆寶石。

羅獵欣賞美景的時候，風輕語從當地蜂農那裡買來了兩瓶蜂蜜，順便打聽了一些消息。

吳傑懶洋洋躺在草地上，高原的陽光將他的臉皮曬成了紫紅色，吳傑很享受這樣的生活，如果就此躺著沉睡下去倒也愜意。

車夫在三天前病倒了，風輕語不願在車夫的身上再耽擱時間，於是扔下車夫他們三人先行騎馬前來。

風輕語將蜂蜜塞入自己的行囊之中，向站在高處陶醉於美景中的羅獵招呼了一聲，羅獵向她看了一眼，並沒有挪動腳步，風輕語只能自己爬上了山丘，和羅獵並肩站在一起，本想說的話因為眼前看到的美景而暫時忘卻，深深吸了一口帶著花香的空氣道：「想不到這裡這麼美。」

羅獵道：「這世界美好的地方多著呢，只不過需要靜下心來才能發現。」

風輕語道：「我聽說當一個人喜歡靜靜看風景的時候，就開始老了。」她的目光投向遠方的吳傑，唇角露出一絲諱莫如深的笑意。

羅獵道：「每個人都會老，只有老的時候很多人才會明白自己這一生爭來鬥去並無任何實質上的意義，**萬貫家財如果花不完和糞土無異，大好江山也不可能永世擁有。**」

風輕語笑道：「你的話好像另有所指。」

羅獵道：「你姐姐來西海的目的是什麼？」

風輕語道：「尋找九鼎。」

「就算讓她找到了九鼎又有什麼意義？」

風輕語道：「定鼎中原，你難道沒有聽說過，得九鼎者可安天下。」

羅獵反問道：「是你姐姐說的？」

風輕語搖了搖頭道：「她從未對我說過，可是我相信她應當是這麼想的。」

羅獵道：「你多大了？」

風輕語愣了一下，反問道：「跟你有關係嗎？」

她的反應和正常女子不同，通常其他的女子回答問題會說，問女人的年齡並不禮貌。羅獵是故意詢問這樣的問題，因為在他掌握的資料中，風九青並無妹妹，藤野晴子也沒有妹妹，所以風輕語的身分就顯得頗為突兀。

雖然吳傑試探過風輕語的武功，並做出了風輕語不是風九青的判斷，可是羅獵仍然從風輕語的身上感到了一些熟悉的味道。他甚至懷疑風輕語就是風九青一手創造出來的，藤野家族連複製軍團都能夠創造，更何況單一的複製體。

如果風輕語是複製人，她也要比起羅獵曾經見過的複製軍團厲害許多，比起後者她擁有更多的自我意識，她會主動思考，羅獵認為風輕語的思考仍然限制在一定的範圍內。然而目前還只是限於猜測，羅獵並無確實的證據。

羅獵道：「按照預定的時間，咱們已經晚了。」

風輕語點了點頭道：「沒事，我姐姐說了，她會等。」

羅獵從她的話中又聽出了破綻，這段時間風輕語始終沒有離開過，她又是如何見到風九青？書信、電報都沒有任何可能，羅獵暗忖，或許她們之間有種心靈感應。

風輕語似乎意識到自己說錯了話，輕聲道：「你信不信託夢？」

羅獵笑道：「你是說你姐姐會托夢給你？」

風輕語淡然笑道：「說了你也不懂。」

羅獵道：「看你的樣子應該沒有多大，居然嫁過五次？」

風輕語道：「嫁人有什麼稀奇？你若是願意，我也可以嫁給你。」

羅獵目瞪口呆，這風輕語當真是什麼話都說得出口。

風輕語道：「不過我嫁給你就得殺了你，現在還不是殺你的時候，等這件事結束之後，我嫁給你好不好？」

羅獵搖了搖頭道：「不好。」

風輕語怒道：「為何不好？難道我配不上你？」

羅獵道：「你長得倒也不錯，武功也很厲害，可惜這世上的嫁娶須得以感情為基礎，必須兩廂情願，你想嫁，我未必肯娶。」

風輕語道：「男女之間哪有那麼多的麻煩事，你再厲害也不過是個男人，心中想的是什麼我明明白白。」

羅獵啞然失笑，這風輕語的脾氣真是古怪，她的性情實在是不可捉摸。

羅獵道：「你的五位丈夫難道沒有一個人對你好？你殺他們的時候難道沒有過猶豫？」

風輕語道：「我為何要猶豫？他們對我好無非是抱有目的，對於這些動機不單純的人，我殺掉他們又何須猶豫？」

望著風輕語，羅獵忽然想起了一種生物，螳螂！螳螂是通過獨特的吞噬方式進行繁殖，而風輕語顯然不是，可風輕語因何要一而再再而三的嫁人然後再殺掉，難道她是通過這種方式增強著自身的能力？

風輕語道：「我姐在天馬灣等著我們。」

## 第四章

# 痛苦的恐懼

吳傑已經忘了，從何時開始就不再懼怕死亡，
因為他已經經歷了太多的痛苦，雖然他很想將痛苦遺忘，
可是只要是活著，痛苦就會如此清晰地伴隨著他，
如果死了可以遺忘，那麼死了就不再痛苦，
這世上沒有比痛苦更讓他恐懼的事情。

麻雀一行已經抵達了天馬灣，紮營之後，張長弓去附近的牧民家中購買了一隻綿羊，在營地中剝皮燒烤，陸威霖和阿諾兩人則去周圍巡視，在他們西北三里的地方有一座古城的廢墟，除此之外就是一些牧民的營帳，並沒有特別的發現，他們基本上能夠斷定，羅獵還未抵達。

馬玉良雖然封鎖了通往西海的主要道路，可是他無法做到徹底封鎖一切道路，他的封禁令只是給前來西海的人帶來了一些麻煩。

麻雀聽聞附近有古城廢墟，決定去看看，張長弓三人雖然加入了他們的考古隊，可是平日裡行動還是分開的。肖恩對新加入的三人充滿了敵意，張長弓三人對他也沒有任何的好感。

只是因為麻雀的緣故，大家才選擇同行。

而讓肖恩鬱悶的是，麻雀對她的這些老朋友也比自己親近得多，更多時候，她寧願選擇和張長弓幾人一起，遇到了事情也首先和張長弓幾人商量。

篝火炙烤著全羊，這頭羊被烤得外皮金黃，晶瑩的油脂一滴滴滴入篝火中，不時發出滋滋的響，誘人的香氣隨著傍晚的風遠遠送了出去，張長弓看到麻雀幾人縱馬向西北方的古城廢墟方向而去，他向陸威霖道：「那邊有什麼？」

陸威霖道：「廢墟，都是些土牆，沒什麼好看的。」

阿諾道：「說不定有些寶貝。」

張長弓道：「你們不跟著過去看看？」

阿諾搖了搖頭：「我看到那個肖恩就噁心，如果不是看在麻雀的份上，我肯定狠狠揍他一頓。」

陸威霖道：「無事獻殷勤，非奸即盜。」

張長弓笑了起來，他從懷裡摸出那封信，正是這封信通報了羅獵的事情，將他們引到了這裡，他將信遞給了陸威霖，陸威霖已經看過幾遍，又流覽了一下道：「總覺得有人故意將咱們引到這裡，你們說該不是一個圈套吧，把所有人都集合到這裡，然後一網打盡。」

阿諾道：「誰有這個本事啊？」

張長弓道：「強中自有強中手，這個世界上厲害的人物實在是太多了。」想起上次差點被風九青將自己的能量抽乾，張長弓不禁心有餘悸，如果不是羅獵捨身相救，恐怕自己和吳傑兩人都要死在這女人的手裡。

阿諾道：「等這件事完結之後，我想離開一段時間。」

張長弓笑道：「去找瑪莎？」

阿諾顯得有些不好意思，摸了摸腦袋道：「在一起的時候總是吵，可分開之後又有些想她了。」

張長弓道：「人總要安定下來的。」

阿諾道：「別說我，說說你自己，你跟那個海盜的女兒是不是好上了？」

張長弓搖了搖頭道：「我可沒那麼多花花腸子。」話雖如此，可是他心中卻不由得想起了海明珠，海明珠對他的感情他又怎會不知？

陸威霖默默望著篝火，他想起了百惠，有件事他並未告訴兩位好友，他這次前來西海不僅僅為了幫助羅獵，也是為了尋找百惠，種種跡象表明百惠很可能也來到了這一帶。

陸威霖甚至懷疑百惠和風九青在一起，畢竟最初認識百惠的時候，她就是藤野家培養的死士。在認識百惠之後，陸威霖第一次擁有了想要安定下來的念頭，如果能夠找到百惠，他會將自己心中所有的話都說出來，如果百惠願意，他會帶著她一起找個無人認識他們的地方，遠離刀光劍影，遠離血雨腥風，能夠平淡的生活下去也好。

古城廢墟破壞嚴重，並沒有特別的價值，肖恩拿著手電筒在古城內轉了一圈，回到麻雀的身邊，看到麻雀仍然在專注地觀察門洞上的文字，禁不住抱怨道：「什麼寶貝都沒有。」

麻雀頭也未抬：「你心中的寶貝是什麼？金銀珠寶？還是古董字畫？」

肖恩意識到自己無意中的一句話冒犯到了麻雀，他笑道：「我心中的寶貝當然是你，這世上沒有什麼能夠比得上你。」

面對肖恩的恭維麻雀無動於衷，她輕聲道：「看來我們的價值觀果然不同。」她直起腰，搖頭道：「不過有一點你沒說錯，這裡沒有你想要的寶貝。」

肖恩道：「我聽說西海是你們中華神話傳說中王母娘娘的瑤池。」

麻雀道：「傳說有很多，可傳說中的神祇又有幾人親眼見到過，我沒見過王母娘娘，你也沒見過聖母瑪利亞。」

肖恩道：「沒見過並不代表著他們不存在，麻雀，咱們這次來不是為了中華九鼎嗎？事先約好了在這裡見面，為何那個提供線索的人沒有準時出現？」

麻雀道：「也許……因為羅獵吧。」

肖恩道：「羅獵，他是個不負責任的人，竟然不顧團隊的利益，選擇一走了之，連話都沒留下來一句。」

麻雀道：「羅獵不是你說的那種人，他離開的原因你比我更加清楚。」聽到肖恩詆毀羅獵，麻雀忍不住了。

肖恩的臉色變了，他憤怒道：「你說這話是什麼意思？他離開跟我又有什麼關係？又不是我趕走了他！」

麻雀不想跟他繼續交談下去，走向自己的坐騎，準備離開，肖恩怒道：「麻雀，是不是你以為那些軍警都是我找來的。」

麻雀停下腳步，並沒有轉身：「肖恩，現在說這個話題又有什麼意義？」

肖恩大聲道：「對你沒有意義，可對我不一樣，你知道的，我之所以從歐洲不遠萬里來到你的國度，我之所以資助你考古，全都是因為我喜歡你，難道我的付出你連一丁點都看不到？」

麻雀道：「我從沒要求你做什麼，你的付出與否跟我沒有任何關係，所以我希望你不必對我進行道德綁架。」

肖恩怒道：「他有什麼比得上我？他是一個罪犯，一個涉嫌殺人的通緝犯……」他的話還未說完，一顆石子就重重擊中了他的鼻子，事發突然，肖恩被砸得鼻血長流，他捂住了鼻子不禁發出了一聲哀嚎。

麻雀也是一怔，抬頭望去，卻見古城廢棄的土牆上多了一個身影，卻是宋昌金，宋昌金在羅獵不辭而別之後，也離開了隊伍，想不到居然在這裡出現。宋昌金罵道：「放你娘的屁，你有什麼資格跟我侄子比？我算明白了，你嫉妒他，所以才幾次向軍警告密對不對？」

肖恩看了看手掌上的血跡，不禁惱羞成怒，他掏出手槍，想要瞄準宋昌金，可身後一個冷冷的聲音道：「是你壞了我的事情？」

肖恩感覺到自己被一股無形的力量拋了起來，然後重重摔落在地上，他的手槍也脫手飛了出去，肖恩想要去拾起手槍，可是他的周身都感覺到巨大的壓力，這壓力讓他甚至連抬起一根手指都難。

麻雀吃驚地望著眼前的女人，她沒有察覺到這女人何時來到他們的身邊，這女人她應當見過，在船上，羅獵就是和她交談之後的當晚消失了蹤影。

那女人道：「我叫風九青，你收到的關於九鼎的資料就是我寄給你的。」

麻雀望著風九青，咬了咬嘴唇道：「我見過你，在船上。」

風九青搖了搖頭道：「那是我的妹妹，她現在和羅獵在一起。」

麻雀道：「羅獵？他在什麼地方？」

風九青道：「最近幾天就會過來，你破譯了那段文字對不對？」

麻雀點了點頭。

風九青笑了起來，她的目光不屑地掃了地上的肖恩一眼：「成事不足敗事有餘的東西，是他幾次出賣了羅獵，要不要我幫你殺了他？」

麻雀搖了搖頭，雖然她也猜到是肖恩出賣了羅獵，可肖恩的出發點卻是為了自己，這樣的行為還不至於奪走他的性命。

風九青冷冷道：「婦人之仁，走吧，趁著我沒改變主意前離開我的視線。」

肖恩感覺周身一鬆，身體的壓力在頃刻間完全消失，他從地上爬了起來，甚至沒有顧得上去撿手槍，也沒有顧得上麻雀，就倉皇向古城外逃去。

麻雀眼前一晃，風九青的身影也如鬼魅般消失了。

宋昌金從土牆上跳了下來，慢慢走到麻雀的面前。

麻雀道：「您真是羅獵的叔叔？」

宋昌金道：「如假包換，我是他三叔。」

麻雀道：「我見過羅行木。」

宋昌金笑道：「我自小被送了人，所以跟老羅家不熟。」

麻雀道：「風九青是什麼人？她因何知道九鼎的事情？」

宋昌金歎了口氣：「我也不知道她到底是誰，我只知道她很厲害。」

麻雀道：「我感覺她在利用我，她給我提供了不少關於九鼎的線索，可她的目的到底是什麼？」

宋昌金搖了搖頭道：「你別問我，這些事或許羅獵才清楚，等他來了也許一切都會水落石出。」

天馬灣雖然沒有天馬，可是並不缺乏馬匹，朝陽初升，兩匹駿馬在淺灘上飲水，融入周圍的景致形成一幅絕美的靜謐畫面。

這畫面被一陣清越的馬蹄聲驚動，羅獵一行比預定的時間晚了七天，不過他們終究還是來到了目的地。

風輕語指著遠方的營地道：「那裡就是考古隊的營地。」

羅獵道：「你還真有點未卜先知的本事。」通過這段時間和風輕語的接觸，他發現風輕語和風九青之間很可能存在某種不為人知的交流方式，通過這一點來判斷，風九青應該已經到了天馬灣。

眼前的平靜只是暫時的，風九青尋找九鼎的動機絕不單純，麻雀的這支考古隊並不是風九青想要倚重的，之所以將麻雀引入其中，也不是想利用麻雀在這方面的知識，很可能只是想利用麻雀來制衡自己。

吳傑道：「我從未到過西海，這裡是不是很美？」

羅獵沒說話，風輕語卻道：「很美，只可惜你看不到。」

這一路之上，吳傑沒有少受她的挖苦和打擊，吳傑道：「看不到也就沒有太多的遺憾，見過美景之後，如果再也看不到那才是真正的遺憾。」

風輕語冷冷道：「你在威脅要殺掉我嗎？」

吳傑道：「如果有機會，我不會猶豫。」

風輕語道：「那得看你有沒有這個本事。」她指著營地向羅獵道：「你們過去吧，我還有事，今晚我會過去找你。」

羅獵點點頭：「最好早點來，如果我先找到了九鼎，很可能會據為己有。」

風輕語呵呵笑道：「你不敢！」

羅獵望著風輕語的背影消失在遠方的草丘之後，吳傑看不到什麼，側耳聽著馬蹄聲漸行漸遠，他低聲道：「總有一天我會殺了她。」

羅獵道：「她可不像表面看上去那麼簡單。」

吳傑道：「風九青利用九鼎的事情把咱們都引入局中，希望九鼎不是一個騙局。」兩人並轡向營地行去，來到中途，就已經被營地負責瞭望的人發現。

接近營地之時，看到張長弓等人迎了出來，這顯然不在羅獵的意料之中，他翻身下馬，驚聲道：「張大哥，你們……你們怎麼來了？」

張長弓走過來在他的肩膀上捶了一拳道：「打虎不散親兄弟，怎麼，這次打算自己逞英雄啊？」

陸威霖和阿諾也過來分別捶了羅獵一拳，然後又上來跟吳傑打招呼，吳傑性情怪癖，雖然和這幫人幾度出生入死，可仍然沒有什麼熱情的表示。

眾人一起返回營帳，麻雀原本準備去古城再看看，聽說羅獵回來，馬上放棄了即刻前往古城的念頭，第一時間過來相見。

女人和男人看到的事情果然不同，比起其他人的噓寒問暖，麻雀首先問的卻是風輕語。

羅獵在此事上並未做過多的提及，他和吳傑安頓下來之後，張長弓幾人全都來到羅獵的營帳中，羅獵的歸來讓他們這群人有了主心骨，雖然羅獵的年齡在其中最小，可所有人還是都將他視為領袖。

既然在場都是自己人，羅獵說話也就沒了顧忌，他首先解釋了為何沒有第一時間通知幾位朋友過來幫忙，羅獵始終認為風九青在下一盤很大的棋。

張長弓道：「按照你的說法，風九青很可能是在利用九鼎的事情想將咱們一網打盡，難道九鼎根本就不存在？」

羅獵搖了搖頭道：「如果單單是為了對付我們，她也不必費那麼多周折，我看九鼎也是真，想對付我們也是真的，她應當是要利用這次的機會一箭雙雕。」

陸威霖道：「不管她怎麼想，咱們既然來了就必須做點事，這個風九青就是藤野晴子，她的存在對所有人來說都不是什麼好事，我就不信她有天大的本事，這次鹿死誰手還未必可知呢。」

阿諾道：「不錯，她把咱們都集中到這裡，現在反倒是我們的實力占優，咱們將計就計，把她給滅了。」

張長弓和陸威霖同時點頭，他們的目光投向羅獵，等待著羅獵表態。

羅獵道：「風九青這個女人很不簡單，她應當掌握了黑日禁典，而且是一個強大的吞噬者。」

張長弓道：「她的實力不容小覷，在飛鷹堡，我和吳先生體內的半數力量都被她給吸走，如果不是羅獵及時出手，只怕我們連性命都保不住。」

羅獵道：「如果我們想要對付風九青，我想還是有機會的，至少她對我沒什麼辦法，再加上你們的協助，可以說我們還是占了不少優勢。我們清楚這一點，風九青同樣清楚這一點，可以說她召集我們來到這裡，還是冒著一定的風險。」

陸威霖道：「難道她還有其他的幫手？」

羅獵道：「如果真想除掉我們，選擇逐個擊破才是上策，我們不妨換個角度思考，如果我們處在風九青的位置，我們會怎樣做？」

幾人同時沉默了下去，羅獵說得對，如果當真想要將他們除掉，選擇逐個擊破才是最為妥當的，而且風九青也擁有這樣的能力。

羅獵道：「我這一路上都在想，風九青是不是將我們當成她的敵人？她的最終目的到底又是什麼？我想來想去，她的野心或許更大，九鼎或許真實存在。」

吳傑站在西海邊，迎著陽光，聽著濤聲，他的鞋子已被水打濕，可是他並沒有退後的打算，他來過這裡，不但來過，且在這裡還留有讓他終生難忘的記憶。

吳傑時常會產生自己已經麻痹的錯覺，這種時候，他希望被外物喚醒，冷、熱、哪怕是疲憊和疼痛，浪花拍擊足面的感覺是真實的，陽光照射在面龐的感覺是親切的，這時吳傑才感覺自己仍然活著。

吳傑已忘了，從何時開始就不再懼怕死亡，因為他已經經歷了太多的痛苦，雖然他很想將痛苦遺忘，可是只要是活著，痛苦就會如此清晰地伴隨著他，**如果死了可以遺忘，那麼死了就不再痛苦，這世上沒有比痛苦更讓他恐懼的事情**。

吳傑彷彿看到一個宛如春花般美麗的女子踩著浪花向自己走來，他不由自主向前跨出一步。

身後響起麻雀的聲音：「吳先生！」

吳傑眼前的幻影全都消失了，他嗯了一聲。

麻雀道：「吳先生的鞋子濕了。」

吳傑轉身上岸，苦笑道：「我看不到路，稀裡糊塗走下了湖，不中用啊。」

麻雀卻知道吳傑雖然目不能視，可是他的感覺異常敏銳，甚至比視力正常的人認路還要準確，他肯定不會走錯路。

麻雀道：「吳先生怎麼也來了？」

吳傑道：「我也想問你同樣的話。」

麻雀道：「我爸當年從事的研究就是關於九鼎的，種種跡象表明，九鼎很可能就在西海。」

吳傑道：「如此說來，你之所以到這裡來，是為了完成你父親的遺願？」

麻雀點了點頭。

吳傑心中暗歎，麻雀這妮子還是太過單純，她只看到了事情的表面，並沒有意識到這件事背後的險惡，吳傑道：「有沒有見過那個提供給你資料的人？」

麻雀道：「見了，七天之前，我還以為她是風輕語。」

吳傑聞言一怔，風輕語此前一直都和他們在一起，按理說分身乏術，不可能過來見麻雀。

麻雀接著又道：「她們姐妹倆長得很像，我還以為是一個人。」

吳傑道：「有沒有想過風九青為何要引你入局？」

麻雀道：「我想應該和我父親的研究成果有關，我認得一些夏文。」

吳傑道：「只怕在夏文的認知方面你還要弱於羅獵。」

麻雀俏臉一紅，她的性情也是極其好強，雖知羅獵厲害，可這次被吳傑毫不客氣地指出，臉上也覺得掛不住，她哼了一聲道：「他可沒學過考古專業。」

吳傑道：「我沒有看低你的意思，我只是在闡述一個事實，你對風九青應當不算瞭解吧，你知不知道她的本來身分，你知不知道她因何要引你入局？」

麻雀咬了咬櫻唇，臉色已經由紅轉白。

吳傑道：「當局者迷，旁觀者清，風九青本名藤野晴子，她乃是藤野家族中年輕一代的佼佼者，藤野家族的藤野俊生也是當年從你父親體內抽取血液樣本，研究化神激素的負責人。」

麻雀道：「我不怕！」

「我怕！」吳傑沉聲道。

麻雀並非愚魯之人，她當然清楚吳傑怕什麼，吳傑怕的是自己會被風九青利用來要脅羅獵，麻雀感到悲哀，自己難道只是一顆棋子？她憤怒且悲哀著。

吳傑道：「我雖然不知道風九青具體想幹什麼，可是我能夠斷定，這絕不是一場簡單的考古，麻雀，你是個好姑娘，現在離開還來得及。」

麻雀搖了搖頭道：「我不走！」停頓了一下又用異常堅決的語氣強調道：「任何人都休想讓我離開。」

風九青失約了，當天她並未來見羅獵，第二天她也沒有過來，不僅如此，甚至連風輕語也沒來。和羅獵的怡然自得，享受寧靜時光相比，麻雀顯然要忙碌得多，根據風九青提供的資料，她在周邊開始進行了考察。

麻雀的身上帶著一股不服輸的勁兒，吳傑越是那樣說，她越是要證明自己。然而除了一些古城廢墟之外，她並沒有其他的發現。

然而形勢卻在悄悄發生了變化，第三天的下午，有軍隊向他們營地所在的地方開始接近，羅獵一方收到消息的時候，軍隊距離他們只剩下不到十里的距離。

張長弓前往偵查，來的是馬玉良的軍隊，他們應該得到了消息，此次派來的大概有五百多人，全副武裝，正氣勢洶洶地向營地而來。

聽聞這個消息之後，肖恩決定先離開，畢竟和當地武裝正面衝突並不明智。

羅獵和張長弓幾人商量了一下，現在撤退已來不及了，畢竟對方來的是騎兵部隊，推進速度很快，而且在周圍一帶都是平坦的草原，缺乏隱蔽的地方，想要藏身必須進入山區，可最近的山巒還有二十多公里，只怕他們還沒有趕到地方就會被馬玉良的軍隊追上。

羅獵來了這幾天，對周圍的地形已非常熟悉，他建議先向廢棄的古城撤退，古城雖然荒廢許久，可畢竟周圍還有殘垣可以用來隱蔽，如果無法擺脫馬玉良的騎兵部隊，發生衝突，也可以搶先佔據地利。

羅獵的意見得到了多數人的支持，雖然肖恩並不樂意，可在目前的狀況下，他的身邊缺乏支持者，於是也只能選擇服從。

眾人收拾營帳，在最短時間內向古城廢墟轉移，敵方推進的速度很快，在他們剛進入古城的時候，約有二十輛摩托車組成的先鋒部隊已經追到了古城前方。

陸威霖在廢棄的烽火台上已經找好了狙擊位。

羅獵利用望遠鏡觀察了一下遠方的敵人，然後將望遠鏡遞給了張長弓。

陸威霖道：「五百多人吧，就算打起來，咱們也有把握拿下。」

羅獵道：「只怕來的不止是五百人，馬玉良是這裡的軍閥頭子，聽說他手下的兵馬有三萬之多，我們就算擊敗這五百人，用不了多久，馬玉良的兵馬還會捲土重來，下次過來的可能是五千人。」

張長弓道：「他們帶了鋼炮過來。」放下望遠鏡，向羅獵主動請纓道：「我去把他們的鋼炮給廢了。」

羅獵還未回答，陸威霖驚呼道：「有人朝著敵人的方向去了。」

羅獵順著陸威霖所指的方向望去，卻見一人舉著白旗，縱馬向敵軍陣營馳去，那人乃是肖恩的助手。

此時麻雀也氣喘吁吁地爬上樓梯，她向上面叫道：「羅獵，肖恩派人出去了，他說要和對方談判。」

張長弓怒道：「懦夫，還未開打，就已經投降了。」

羅獵向張長弓低聲說了一句，須得做好兩手準備。他下了烽火台，向麻雀道：「走，帶我去找肖恩。」

此時肖恩帶著幾名隊員走了過來，他向麻雀道：「麻雀，對方人多，我們根本沒有任何勝算，所以我才派人去談判。」

羅獵道：「馬玉良這個人表面是兵，其實是匪，你跟一個劫匪有什麼好談的，就算他答應放你走，你也不可相信。」

肖恩道：「我是有身分的人，他不敢動我，否則一定會惹出國際爭端，那樣的後果是他無法承受的。」他向麻雀道：「麻雀，你跟我走還是跟他在一起？」

麻雀向羅獵走近了一些，這樣的問題毫無意義。

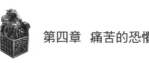

肖恩的雙目中閃過憤怒的火花，他向羅獵道：「你當然不敢談判，因為你有命案在身。」

這會兒功夫，那名派去談判的助手已經回來了，看來結果非常理想，他向肖恩耳語了幾句，肖恩滿臉得色道：「他們已經同意了，我的考古隊可以離開，我們和這件事無關。」他再次將目光投向麻雀。

麻雀道：「我留下！」

肖恩點了點頭道：「希望你不要後悔自己今天的選擇。」

肖恩帶著九個願意和他一起離開的人走出了古城。

羅獵迅速回到烽火台上，張長弓通過望遠鏡觀察著肖恩那群人的腳步，張長弓道：「就快進入敵方的射程了。」

羅獵點了點頭道：「希望可以放過他們。」他的話音剛落，遠處就響起了槍聲，在肖恩那十個人進入對方的射程之後，馬玉良的軍隊馬上開槍，有三人當場中彈倒地，肖恩右肩受傷，他撲倒在地上，哀嚎道：「為什麼要開槍，你們說過要放過我們的……」

麻雀也被這突然發生的變化驚到了，她尖叫道：「肖恩，你們快回來！」

羅獵向張長弓點了點頭，他們兩人騰空飛掠下去，雖然肖恩是個討厭的傢伙，可是他所帶去的那群人並不該死。在兩人衝出的剎那，敵方陣營也開始裝填彈藥準備開炮。

一柄飛刀已經先於羅獵飛向敵方的陣營，羅獵以意念控制著這柄飛刀，他要在對方開炮之前將這些炮手全部斬殺。

飛刀還未射入敵營，敵軍的陣營卻先行混亂開來，卻見兩個身穿黑衣的身影衝入敵軍陣營之中，他們的武器就是一雙利爪，雖然有無數子彈射中了他們，可兩人卻沒有感到任何的痛苦，所到之處無不披靡。

其中一人已經先行衝到炮手的陣列中，揚起右爪，狠狠刺入炮手的胸膛，斜刺裡一名敵軍衝了上去，照著他的面孔就是一槍，這一槍將他蒙在臉上的黑布擊碎，露出一張滿是鱗甲的面孔。

羅獵看得真切，此人正是方克文，自從黑堡決戰之後，方克文就失去了蹤跡，沒想到他也來到了這裡。

虛浮在空中的飛刀，閃電般抹過那名槍手的脖子，與此同時，方克文的利爪也穿透了對方的胸膛。

張長弓已經認出另外一人，從那人的戰鬥風格來看應當是安藤井下，張長弓心中暗奇，安藤井下怎麼也來到了這裡？他和方克文因何會在一起聯手作戰？

炮手的陣營已經完全被摧毀，馬玉良派來的這支軍隊雖然人數眾多，可面對這幫擁有超常能力的強手根本沒有抵抗之力，方克文和安藤井下的利爪撕裂他們身體的同時也摧垮了眾人的信心，他們開始爭先恐後的逃離。

轉瞬之間已經逃了個乾乾淨淨，剛才激鬥的戰場上只剩下數十具屍體。

羅獵主動走向方克文，微笑道：「方先生，許久不見。」

方克文已經重新將面龐遮住，向羅獵點了點頭，算是打了個招呼，然後和安藤井下一起轉身離開了現場。

張長弓望著兩人的背影低聲道：「我沒看錯吧，那人應該是安藤井下。」

羅獵點了點頭，心中疑雲更濃，這兩人應當和他們一樣被風九青召喚而來，能夠將這麼多的厲害人物全都引到這裡，絕非是利用強硬的手段可以做到的，風九青對每個人的心理都進行了精確的揣摩，知道如何才能將他們打動。

張長弓感歎道：「這風九青還真是一個厲害人物呢。」

羅獵沒有說話，走過去將地上滿身是血的肖恩扶了起來，肖恩雖然身中數槍，幸運的是並沒有傷及要害，羅獵救起他的時候，他仍然在渾身顫抖著。

古城內的人也開始出來救援，出城談判的十人有六人當場被射殺，倖存的四人都不同程度受傷。

比起馬玉良的軍隊，羅獵的心思更多都放在了風九青的身上，這女人召集了那麼多人到這裡，而她卻還未正式現身，不知究竟在打什麼算盤。

羅獵認為宋昌金是有可能知道內幕消息的人，回到古城廢墟，找到正縮在土牆一角抽煙的宋昌金。或許是因為夜色的緣故，宋昌金的表情也顯得格外深沉。

羅獵挨著他坐下，宋昌金招呼了一聲道：「來了！」

羅獵道：「還以為這次見不到你了。」

宋昌金笑了一聲道：「我沒那麼容易死。」

羅獵道：「我不是這個意思，以您老人家的頭腦很少去蹚渾水，有風險的事情也很少去幹，這次怎麼一反常態？」

宋昌金接連抽了兩口煙。

羅獵道：「身陷囹圄，騎虎難下？」

宋昌金道：「人為財死鳥為食亡，你怎麼不說是九鼎吸引了我？」

羅獵道：「九鼎真在西海之中嗎？」

宋昌金道：「風九青應當不是在說謊話。」

羅獵道：「你很瞭解她？」

宋昌金搖了搖頭。

羅獵道：「風九青認識我的母親？」

宋昌金道：「或許認識吧。」

羅獵道：「你怕她！」

宋昌金聞言顫抖了一下：「誰？」

羅獵道：「還有誰啊？」

宋昌金苦笑道：「風九青很不簡單。」

「真正的風九青究竟是死了還是活著？」

宋昌金道：「她的能力你見識過，我從沒有見過這樣的一個人，能力不斷增長，智慧莫測高深。而且……她，她擁有很強的預知能力，即便是沒有親身經歷的事情她也知道。」

羅獵道：「如果我和她決鬥的話，你覺得我有幾分勝算？」

宋昌金望著羅獵，好一會兒方才搖了搖頭道：「一分都沒有，你根本不瞭解她，她卻對你的一切瞭若指掌，她還說……」宋昌金顯得非常猶豫。

「說什麼？」

宋昌金道：「她說你不是羅家的子孫！」

羅獵內心劇震，知道這個秘密的只有自己的親生父母，就連自己也是在父親臨終之前方才知道，風九青何以會知道這個秘密？除非她曾經侵入過父母其中一人的腦域。羅獵不由得想起了龍玉，龍玉正是通過這樣的方式得知了顏天心的秘密，難道風九青也擁有了和龍玉一樣的能力？羅獵笑道：「簡直是胡說八道。」

宋昌金道：「她對我的每一件事都非常清楚，對羅家的事情也清楚得很。」

羅獵道：「她和我母親的死到底有沒有關係？」

宋昌金抿了抿嘴唇，他沒有說話，因為他看到遠處一個黑影無聲無息地出現在了他們的面前，那人就是風九青。

此次見到風九青，她的容顏和過去已經有了很大的變化，主要是變得年輕了，看上去和風輕語很像，只是她的表情更加平和，已經做到喜怒不形於色。

風九青道：「兩位在談我？」

羅獵笑道：「是啊！」

風九青道：「背後說人總是不好的。」

宋昌金訕訕笑道：「你們聊，我不耽誤你們。」他對風九青明顯有說不出的忌憚，看到風九青避之不及。

羅獵打量著風九青，微微笑道：「幾日不見，風姑娘變得越發年輕了。」

風九青道：「沒什麼稀奇，吸取他人能量為我所用，我自然變得年輕。」她對其中的秘密毫不隱瞞。

羅獵道：「損人利己的事情在你看來似乎理所當然。」

風九青道：「這個世界就是這樣，優勝劣汰，弱肉強食。一個人若是沒有本事，給他萬貫家財他一樣還是守不住，你說對不對？」

羅獵道：「我們中國人通常將這種行為稱為強盜邏輯。」

風九青淡然笑道：「我本以為你的格局要比普通人強出許多，可現在看來也不過如此。」

羅獵道：「論格局我自然比不上你，這次你利用九鼎的事情將那麼多人都召集到了這裡，真正的目的是什麼？」

風九青道：「我沒綁著你們用槍指著你們過來吧？」

羅獵點了點頭，在這一點上風九青並沒有採取強迫的手段，但沒有強迫並不代表她的手段光明磊落，羅獵笑道：「你很聰明，你知道每個人需要什麼，利用他們的親情、友情、感情、利用他們親人的期望。」

風九青道：「怎麼不說利用你們的野心？來到這裡的每個人都有自己的想法，人人都想將九鼎據為己有。」

羅獵向風九青道：「九鼎是什麼？有什麼用？」

風九青道：「你比我更加清楚，羅獵，你是唯一見過禹神碑的人，也是唯一能夠解讀禹神碑的人。」

羅獵道：「你很瞭解我嗎？」

「談不上，可我瞭解你的母親。」風九青盯住羅獵的雙目，她知道羅獵的弱點所在。

羅獵道：「我的母親？連我都快不記得她的樣子了。」他沒有說實話，在他心中母親的樣子永遠無法磨滅。

風九青道：「你這樣說，她會失望的。」

羅獵冷冷望著風九青道：「如果讓我知道我母親的死和你有關，我會讓你後悔來到這個世界上。」

風九青道：「你母親的死和我無關，她是被羅公權害死的。」

羅獵怒道：「你住口！」

風九青咯咯笑了起來：「你是個聰明人，你應該早就開始懷疑了對不對？羅公權是你的爺爺，他為何要害死他的兒媳，你的娘親？」

羅獵握緊了雙拳，不是因為憤怒，而是因為恐懼，風九青說得不錯，他早就開始產生了懷疑，可是他不敢細想。

風九青道：「一個女人害死了自己的丈夫總是有些奇怪的，以沈佳琪的清高又怎會看上一個盜墓出身的羅行金？」

羅獵的內心陷入深深的矛盾中，他既期待知道真相又害怕真相的殘酷，有一點能夠確定，風九青顯然是這段往事的知情人，她究竟扮演著怎樣的角色，為何母親會將這些事全都告訴她？

風九青道：「我約你來這裡是為了跟你合作，既然是合作就應當彼此信任，我不打算對你保留什麼，你有什麼想問的，我都會解答。」她莞爾一笑道：「過了這村可沒這店。」她指了指古城外：「咱們外面走走。」

雖是仲夏，可夜晚的高原仍然有些清冷，剛才戰鬥過的地方，幾十具屍體仍然躺在那裡，陪伴他們的只有不時降落的禿鷲。

風九青道：「都說活在這個世界上的每個人都是平等的，都擁有著同樣的權利，可許多人就那麼稀裡糊塗地出生，然後又稀裡糊塗地沒了，他們註定只能是過客，能夠在歷史上留下名字的只有少數人。」

羅獵道：「留下名字又如何？到最後還不是塵歸塵土歸土。」

風九青道：「你的母親並不這麼想，她是唯一能讓我佩服的女人，你知不知道她嫁給羅行金的真正目的是什麼？」

第五章

# 找一個人

羅獵望著風九青，確信自己聽到的都是真的，
風九青現在就像一個戀愛中的少女，愛得刻骨銘心。
上窮碧落下黃泉，她辛苦地尋找九鼎卻只是為了找一個人，
那個人應當是她的愛人吧，無論一個人如何強大，
在她心中總有一片柔弱的地方。

羅獵沒有說話，他並不想去猜測母親當年的動機，父親曾經說過，母親當年選擇離開的目的是因為她懷了身孕，這是違背他們團隊準則的事情，為了保護父親更是為了保護自己，所以母親才選擇離開，隱藏起來。

風九青卻給出了另外的一個理由，羅獵知道她在闡述什麼，兩者之間，他寧願相信前一個理由。母親在他心中是完美的，沒有一丁一點的瑕疵。

風九青道：「她也在尋找九鼎，九鼎和禹神碑缺一不可，就算同時擁有了兩者，不懂夏文，也無法探究其中的奧妙，所以必須掌握夏文。」她意味深長地看了羅獵一眼道：「只有羅氏的子孫才有學習夏文的機會。」

羅獵搖了搖頭，他無法認同風九青的話，母親絕不會策劃這麼大的一盤棋。

風九青道：「羅公權如果知道你不是羅家的血脈，他會將夏文教給你？只怕他早就殺了你，不會讓你活到今天，更不用說送你去留洋。」

羅獵望著風九青道：「你究竟是誰？」

風九青道：「幫我找到九鼎，我會把一切全都告訴你。」

羅獵道：「你知不知道九鼎有什麼作用？為何堅持要尋找九鼎？」

風九青道：「你擔心什麼？是不是因為一句定鼎中原的話而擔心？擔心我得到九鼎之後會對中華不利？」

羅獵道：「真不知道這九隻銅鼎有什麼特殊的意義，你當真相信得九鼎就能得天下？」

風九青道：「我對權力沒什麼興趣，我喜歡和平，我尋找九鼎的原因只是為了一個人。」

羅獵心中一怔：「一個人？」

風九青點了點頭，此刻她的表情專注且認真：「只有找到九鼎，我才可以找到他！」

羅獵望著風九青，確信自己聽到的都是真的，風九青現在的樣子就像是一個戀愛中的少女，愛得刻骨銘心。上窮碧落下黃泉，她如此辛苦地尋找九鼎卻只是為了找一個人，那個人應當是她的愛人吧，無論一個人如何強大，在她心中總有一片柔弱的地方。

羅獵能夠懂她的感覺，他不由得想到了顏天心，如果能夠用九鼎換來顏天心的復生，那麼他會毫不猶豫地去做，然而理智卻告訴他這是不可能的：「你能確定九鼎就在西海之中？」

風九青向羅獵道：「我能確定，西海海底有一座青銅龍宮，九鼎就藏於龍宮之中。」

羅獵道：「就算西海的海底真有那麼一座龍宮，我們又如何找到準確的位置進入其中呢？」

風九青道：「每隔九年，龍宮的大門就會開啟一次，現在龍宮開啟只剩下半個月的時間了。想要進入龍宮，必須先尋找分水梭。」

羅獵愕然道：「分水梭？」

風九青點了點頭道：「根據我掌握的資料，分水梭就埋在這古城下，最多再有一周就可露出真容。」

羅獵道：「我需要做什麼？」

風九青道：「你在飛鷹堡找到了一顆晶石對不對？」

羅獵點了點頭，那顆晶石他帶在身上，宋昌金曾經對此覬覦不已，還想用秘密交換，始終沒有得逞。

風九青道：「我知道你心中對所有一切充滿了懷疑，我唯一能夠保證的是，你不會後悔。」

「你拿什麼保證？」

風九青道：「找到九鼎之時，我會告訴你。」

羅獵道：「那時候豈不是已經晚了？」

風九青搖了搖頭：「不晚，你是這世上唯一能夠啟動九鼎之人。」

早在羅獵他們到來之前，分水梭的挖掘工作就已經開始進行，挖掘的洞口就在古城東南角，羅獵一行此前並未發覺。洞口僅容一人通過，但是沿著繩索滑落到距離地表十二米的底部時就變得寬闊起來。

負責主持挖掘的人是方克文和安藤井下，能讓他們甘心從事這樣的工作，必有原因。

方克文已經知道羅獵和風九青達成了合作的協議，指了指前方向羅獵道：「再有三天就能夠打通，進入我們的目標地點。」

羅獵道：「方大哥因何接受她的命令？」

方克文道：「如果能有成為正常人的機會，你要不要選？」

羅獵道：「她真有這樣的能力？」

方克文點了點頭。

「她是藤野晴子，是唯一掌握黑日禁典的人。」安藤井下的聲音響起。

羅獵愕然望著安藤井下，在他和安藤井下分別的時候，安藤井下的喉頭還無法發聲，現在居然談吐自如。

安藤井下道：「她治好了我，如果不是她，我已經死了。」

羅獵意識到風九青之所以能夠集結這些人來為她做事，是因為她對他們的內心揣摩得極其透徹，是因為她知道他們的希望所在，無論是方克文還是安藤井下，他們都渴望著回歸到昔日正常的生活中去，他們渴望著和家人重聚。

羅獵並不相信風九青的話，他開始感到惶恐，擔心自己身邊的朋友被捲入其中，這絕不是一場單純的考古。

羅獵知道自己很難勸說麻雀改變她的念頭，所以只能求助於風九青，他答應與風九青合作，可是前提條件是要麻雀退出。

一切都在風九青的計畫中進行，馬玉良的軍隊再次受挫敗北之後，他居然接受了現實，沒有再次派軍隊過來圍剿，這讓古城的挖掘在毫無干擾的情況下順利進行。

分水梭被挖出的當日，風九青雇來的船也到了。

分水梭更像是一口棺材，只是通體呈橄欖核的形狀，上面遍佈古怪的花紋。

風九青集合眾人將分水梭運上大船，萬事俱備只欠東風，就等風九青發號施令何時出發。

篝火熊熊，羅獵和他的老友圍坐在篝火旁，幾人的表情都不輕鬆。

張長弓對著皮囊灌了一大口烈酒道：「決定了？」

羅獵點了點頭道：「決定了，你們都留在岸上等我，我跟她過去。」

阿諾道：「那女人非常古怪，多一個人也好照應。」

羅獵道：「你們有沒有留意挖出來的分水梭？」

三人都點了頭，陸威霖道：「什麼分水梭，我看只不過是一口棺材罷了。」

羅獵道：「分水梭也罷，棺材也罷，那東西裡面最多也只能容納兩人，你就算跟著去了，也未必能幫上忙。」

阿諾摸了摸自己金黃色的後腦勺道：「你當真要坐著那玩意兒下潛？羅獵，你仔細看清楚了，那東西可不是潛水艇，真要是進去，豈不是要被活活給憋死在裡面？」

羅獵道：「咱們兄弟一起出生入死，按理說這次我也沒理由將你們拋下，可我思前想後，這次的事情還真得我單獨去。」接過張長弓遞來的皮囊灌了一口，然後抹乾唇角道：「無論風九青怎樣說，我們都不要忘了她是一個吞噬者的事實，她在遇到麻煩的時候，又或者力量損耗的時候，想要自救或者補充能量，首先就會向周圍人下手。」

張長弓點了點頭，他對上次發生在飛鷹堡的事情仍然心有餘悸。

羅獵道：「我是唯一沒有令她得逞的人，所以你們跟著一起過去，很可能幫不到我。」

阿諾道：「你的意思是，我們非但幫不上你，反而還可能幫倒忙？」

羅獵點了點頭，雖然知道這樣說會讓幾位朋友難過，可只要能讓他們幾人留下，就無法計較那麼多了。

陸威霖道：「那就是讓我們袖手旁觀。」

羅獵道：「我總覺得事情沒那麼簡單，能否找到九鼎還是未知之數。」

張長弓的目光向遠方望去：「吳先生會去嗎？」

羅獵點了點頭道：「他不會聽任何人的奉勸。」事實上在抵達西海之後，吳傑就很少跟其他人交談，每天的多半時間都是一個人呆呆站著。

張長弓道：「我可以不登船，不過你要保證，一定要平安歸來。」

羅獵重重點了點頭道：「我保證！」他伸出手去，張長弓、阿諾、陸威霖一個一個地將手伸了出來，他們緊緊相握，彼此都感受到對方真摯的感情，這感情溫暖著他們的心頭。

麻雀獨自坐在營帳內，她翻閱著父親留下的那本日記，看著看著上面的字跡變得朦朧，不由得回憶起她和羅獵相識的情景，麻雀的唇角露出會心的笑意。

外面傳來熟悉的咳嗽聲，打斷了麻雀的回憶，她聽出來人是羅獵，輕聲道：「誰？」

羅獵道：「是我，睡了沒有？」

「沒有！你進來吧。」

羅獵挑開帳門走了進去，看到麻雀手中的那本日記，他笑道：「這麼晚了，還在用功讀書？」

麻雀將那本日記放在一旁，不好意思地笑道：「我這個人笨，不多下點功夫豈不是被你越撇越遠？」

羅獵道：「挖苦我呢，術業有專攻，聞道有先後，我在考古學方面這輩子都追不上你。」

麻雀道：「你來找我是不是想勸我離開？」

羅獵搖了搖頭道：「沒有，只是隨便聊聊。」

「聊什麼？」

羅獵道：「還記得在北平的時候，你跟我談起九鼎的研究嗎？」

麻雀道：「當然記得，那是我爸畢生投入的研究，他還說如果可以證明九鼎真實存在，就可以將我們中華的文明史大大地向前推進，證明我們中華是世界上歷史最為悠久的國家。」

羅獵道：「又能怎樣？歷史再輝煌終究會有衰落的時候，四大古國在現今的世界中已經落後於新興的資本主義國家了，落後就要挨打，也許我們探尋歷史的同時更應該面對現實，想想如何在最短的時間內振興中華。」

麻雀道：「我沒有那麼大的志向，也沒有那麼大的能力，我只能在自己力所能及的範圍內，為中華做一些事。」目光垂落到那本日記上：「現在我只想好好完成父親的遺願。」

羅獵道：「如果九鼎並不是傳說中定鼎中原的神器，如果它代表著一種災難呢？」

麻雀愣了一下，她並不明白羅獵的意思。眨了眨雙眸道：「羅獵你知道什麼？你當年是不是見到了禹神碑？那上面寫了什麼？」

羅獵道：「時候不早了！」他掏出了懷錶。

麻雀看到懷錶上的時間已經是晚上十點，可馬上她感覺眼前的景物隨著懷錶指標的轉動而旋轉起來，她整個人如同被吸入了一個無窮無盡的漩渦，她再次被羅獵催眠了，一如最初見到羅獵的那次。

恍惚間麻雀彷彿回到了秋天的校園，走在鋪滿金色樹葉的道路上，抬起頭，看到了道路那頭的羅獵，麻雀欣喜地邁出腳步，她呼喊著羅獵的名字，想要走近他的身邊。可是羅獵的臉上卻沒有一絲一毫的笑容，就這樣冷漠地望著她，這目光刺傷了麻雀內心，讓她猶豫著放慢了腳步。

羅獵伸出手去，卻不是伸向自己，遠方同樣有一隻雪白的手伸向羅獵，兩隻手就這樣當著麻雀的面緊緊握在了一起。

麻雀看到一個美好的背影，她始終背著身，雖然麻雀看不到她的面孔，可是麻雀能夠斷定她絕不是自己……

並不是所有人都可以登船，除了羅獵之外，吳傑、方克文、安藤井下、宋昌金受邀上船。

風九青和風輕語姐妹二人，穿著同樣的黑色外衣，她們的相貌越來越相似，除非是對她們深有瞭解的人，很難從外表上看出兩人的區別。

登船之後，每個人都變得非常陌生，彼此之間沒有主動交談，就連宋昌金這種平時嘴巴一刻都閒不住的人物，也居然變得沉默寡言起來。

羅獵走向那神秘的分水梭，說實話，他並不相信這分水梭擁有潛艇般的功能，伸手拍了拍分水梭的外殼，感覺這分水梭的材質雖然從外表上看是青銅，可實際上並不是青銅。而且根據敲擊之後的回饋來看，這東西應當是實芯，並非中空的容器。

風輕語來到一旁，歪著頭看著羅獵的舉動，忍不住問道：「裡面有什麼？」

羅獵笑道：「你應該去問你姐。」

風輕語道：「這東西叫分水梭，據說投入水中可以將水分開。」

羅獵道：「就算你投入一塊石頭也能夠將水分開。」

風輕語想了想，笑了起來：「說得很有道理。」

羅獵朝著船頭的風九青看了一眼，發現風九青獨自站立在船頭之上，昂首望著天空。剛才還晴朗的天空，此刻突然變得烏雲密佈，一場暴風驟雨就要來臨。

西海雖然被稱為海，實際上卻是一面內陸鹹水湖泊，湖水深不見底，在西海之中存有不少獨特的生物，這些生物的特徵更趨向於海洋生物而多於淡水。驟然加強的風讓波濤大了許多，船隻在波濤中不斷起伏著，負責駕船的船老大提醒眾人回到船艙，以免不慎因船隻的顛簸而被甩出去。

然而此次出海的這群人都是能力超群，誰也沒有將船老大的話聽到耳裡。

風輕語忽然欣喜地指向水中道：「大魚！」

羅獵順著她所指的方向望去，只見水中銀光一片，卻是一群大魚伴隨著他們的船隻快速巡弋，每條銀色的大魚都有三尺左右的長度，在深藍色的湖水中劈波斬浪，這一群大魚有千條之多，排著整齊的佇列在湖面上游過，氣勢磅礴，讓人心曠神怡。

羅獵卻沒有太多的心情欣賞眼前景色，他們今次出海絕非是為了休閒遊覽。空中的雲層越聚越多，天幕變成了鉛灰色，厚重雲層因重力將天幕竭力扯向湖面，天幕低垂，風聲越來越大，從開始的嗚咽變成了一種野獸般的狂暴嘶吼。

在遠方的天際，鉛灰色的天幕有部分被徹底扯向了水面，水天連接在一起，風撕扯著水天相交的部分，試圖將它們重新分開，卻未能如願，很快這部分被拉長延展，變成了連接水天的銀灰色漩渦。

宋昌金望著這難得一見的壯麗天象，驚喜道：「龍吸水！」

眾人聞言心中都是一震，一起朝著發生龍吸水的地方望去。

久未說話的風九青道：「向龍吸水的地方加速前進！」

船老大聞言大驚失色，他以為自己聽錯，所謂龍吸水乃是西海在這一季節時常會發生的天象，其實是水龍捲，龍捲風經過湖面，捲起湖水，遠遠望去天水相連，景致雖然很美，可是此景只可遠觀，如果近距離接觸則存在著巨大的風險。

他們的船隻在西海中算大，在真正的沿海地區只不過是普通的漁船罷了，再加上船體是木製，其堅固程度極為普通，無法承受水龍捲的考驗。

船老大提出異議道：「不行，我們主動接近那邊等於主動送死。」

風九青道：「給你一個選擇，要麼現在死，要麼去主動送死。」

風輕語已經抽出彎刀架在了船老大的脖子上，船老大嚇得面如死灰，如果知道今天出海是為了追逐水龍捲，他無論如何都不會答應對方的雇傭，水龍捲在當地人的心中不僅僅是一種普通的氣候現象，還是被賦予神秘的宗教色彩。

信仰很多時候能夠讓人超越對死亡的畏懼，船老大閉上雙目道：「你殺了我就是！」

風輕語準備一刀劈下的時候，卻被一隻有力的大手握住了手腕，她怒視這個阻止自己的傢伙，原來是羅獵，羅獵道：「出海見血可不是什麼好兆頭，他不開船，我來開。」

風輕語道：「你會開船？」

羅獵點了點頭，一旁安藤井下道：「我也會！」

風輕語向安藤井下道：「你去！」她抬腳將那名船老大踹倒在地，如果不是羅獵阻止，她已經一刀割下了他的腦袋，怒視羅獵道：「還抓著我的手作甚？」

羅獵鬆開手，走過去將那船老大扶起，這個世界上並不是每個人都能操縱自己的命運，從船老大選擇這場生意開始，就已經置身於危險之中。

頭頂一道扭曲的閃電劃過，強調出混沌一團的雲層內部界限，又在雲層之間延展出去，一直蔓延到水天相間的地方，那條水龍捲猶如被閃電捆縛住的蒼龍。

整條蒼龍遍佈電光，氣勢顯得越發磅礴。

安藤井下接手船舵之後，操縱漁船直奔水龍捲而去。

宋昌金看在眼裡，臉上露出恐懼的表情，自己今日真是上了賊船了，風九青的目標就是水龍捲，這艘漁船一旦進入水龍捲的範圍就會被狂虐的水龍捲撕碎解體，身處船上的他們必將落入其中。

宋昌金知道這些人多半都有異能，自己雖然有些本領，可並不是一個超能者，最後倒楣的人很有可能是自己和那幾名無辜的船員，難道在風九青的心中自己的使命已經完結？如果真是如此，那就意味著自己隨時都可以被犧牲，想到這裡，宋昌金的內心不寒而慄。

宋昌金主動向羅獵走去，看到羅獵仍然專注望著遠方的水龍捲，他用手肘輕輕頂了一下羅獵的胳膊，羅獵道：「有事？」

宋昌金道：「你不覺得咱們在自尋死路？」

羅獵望著船頭的風九青：「置死地而後生，她這樣做應當有她的理由。」

宋昌金道：「你當真要陪著她一起送死……」

羅獵道：「你有沒有發現那水龍捲越來越大？」

宋昌金本以為是船隻不斷接近的緣故，可定睛望去，果然發現水龍捲的規模在不斷增大。就在此時，風九青也發出減緩行船速度的命令，讓安藤井下操縱這艘漁船圍繞那巨大的水龍捲的周圍航行。

宋昌金喃喃道：「這水龍捲的聲勢越來越大，威力自然越來越大。」

羅獵道：「難道你不清楚水龍捲形成的原理？」

宋昌金當然知道，所謂水龍捲並非真龍，而是龍捲風盤旋在湖面之上，虹吸湖水而導致的一種特殊天象。

羅獵道：「水龍捲的下方有一個巨大的漩渦，規模越大漩渦越大，如果我沒有猜錯，應該是在水龍捲規模達到極致的時候進入其中。」

宋昌金道：「到底有幾人能夠活下去？」

羅獵開始沉默，這艘船上並不是每個人都有異能，而即便是擁有異能，在如此威勢磅礴的水龍捲面前，自身的那點力量也顯得微不足道，興許還未進入漩渦就被水龍捲撕得粉碎。即便是進入了漩渦，也會很快被漩渦吞沒，誰又能保證，漩渦的地步就是青銅龍宮的入口？

這些天，羅獵不止一次搜索著記憶，在他的記憶中並未發現關於九鼎收藏在何處的記錄，從風九青堅決果斷的表現來看，在這方面她應該有確然的把握。可萬一，她的判斷出現了失誤？這些人的生命會不會白白犧牲掉？

風九青的唇角露出了淡淡的笑意，望著前方遮天蔽日的水龍捲，她的雙眸綻放出異樣的光芒，她大聲道：「前進！」

宋昌金用力閉上了雙目，風九青的話等於最終宣判，對他而言就意味著死亡，宋昌金的雙手死死抓住憑欄，他產生了跳入西海的念頭。事實上已經有三名船員先行跳了下去，船老大一共帶來了三人，現在除了船老大自己之外，其餘三人已經全部離船。

三人的身軀在驚濤駭浪中浮沉，一個巨浪打來，其中兩人瞬間不見了身影。

風九青的表情根本不為所動，這些人在她的眼中甚至連一隻螻蟻都算不上，死了就死了，壓根就沒什麼可惜。

船老大之所以沒有跳船是因為他將這艘船視如生命，他只是一個普通人，心中同樣擁有執念，船在人在，船亡人亡。

隨著漁船不斷向水龍捲接近，整個船身開始顫抖起來，吳傑手握竹竿口中念念有詞，不知他在說些什麼。

風九青張開雙臂，已經做好了衝入水龍捲的準備。

宋昌金的表情充滿著絕望，他向羅獵大吼道：「再不走只怕來不及了。」

風九青鳳目閃過一絲寒光，關鍵之時，宋昌金居然敢禍亂人心，她心中頓時湧起殺念，如果不是正處於關鍵之時，她絕不容宋昌金苟活。

羅獵微微一笑，他並沒有被宋昌金說動，走過去，右手落在分水梭之上，既然來了，他就沒有想過要回去。

就在這艘漁船即將硬闖水龍捲之時，空中忽然傳來轟鳴聲，他們抬頭望去，卻見高空中有一架飛機掠過，那飛機從漁船掠過之時，瞄準船頭進行掃射，子彈接連射中甲板，一時間木屑亂飛，眾人紛紛去尋找隱蔽。

風九青根本沒有想到這種關鍵時刻會旁生枝節，這一輪射擊竟然將漁船擊出了一個大洞，底艙開始進水，船隻行進的速度明顯開始減慢。

飛機在空中盤旋了一個圈子，再度前來。

風輕語發出一聲尖嘯，在她的呼嘯聲中，數以千計的鷗鳥紛紛向這邊聚集，朝著空中的那架飛機包圍而去。

飛機並未轉向，仍然堅持向漁船飛去，這次射擊的目標瞄準了船上的分水梭。

密集的子彈射中了分水梭，發出叮叮噹噹的撞擊聲。幾乎就在同時，風輕語招來的鷗鳥朝著那架飛機蜂擁而上，飛機轉瞬之間就被鷗鳥包圍，失去平衡，搖搖晃晃地向海面墜落。

風九青此時根本顧不上其他的事情，目光盯著那水龍捲，尖叫道：「快！快衝上去！」

水龍捲已經停止了繼續向前的趨勢，風向的改變讓水龍捲轉而向東南方向移動，風九青的臉色變得異常難看，她或許錯過了進入水龍捲最好的時候。

在水龍捲移動的同時，露出後方的一艘艦艇，那是一艘炮艇。因為剛才炮艇處於水龍捲的後方，而他們所有人的注意力又先後集中在水龍捲和飛機之上，所以他們竟然沒有提前感知到。

蓬！炮艇在第一時間向漁船發炮，這一炮並沒有擊中漁船，眾人還未來得及僥倖，一顆來自於水底的魚雷擊中了他們的漁船。

漁船的木製船體根本無法承受魚雷的爆炸，爆炸中漁船被從中炸成了兩段，宋昌金在爆炸發生的那一刻居然沒有感到任何的恐懼，心中反倒充滿了慶幸。

羅獵從水中浮起，看到前方那斷裂的半截船體正在緩緩下沉，他向遠處奮力游去，因為沉船會在周圍形成不小的漩渦，如果沒有及時游出波及的範圍，很可能被漩渦扯入水底。

炮艇上傳來密集的槍聲，顯然是正在追殺爆炸後的倖存者。

羅獵出來透氣的時候發現，水龍捲已經漸行漸遠。回望身後，水面上有三艘炮艇排著陣列在剛才沉船的區域大肆搜捕追殺，從船頭飄揚的旗幟來看，這些船應當隸屬於馬玉良，馬玉良並沒有善罷甘休，兩次損兵折將之後，將戰鬥引到了西海之中，而這次，他看似取得了完勝。

羅獵不停向前方游著，還好那些炮艇並沒有擴大搜索範圍的意思，羅獵看到前方漂浮著一塊巨大的木板，仔細一看卻是飛機的其中一個翅膀，游近一看，翅膀上還趴著一個人，頭上戴著飛行帽，因為背朝自己，看不清他的面目，也不知是死是活。

羅獵游到他的身邊，伸手摘下他的帽子，黑長的秀髮如瀑布般落下，羅獵伸手撫起她的秀髮，露出一張蒼白俏麗的面龐，羅獵自然認得她，她就是讓他又愛又恨的蘭喜妹，蘭喜妹閉著眼睛，雙手牢牢抓住飛機的那截翅膀，一字一句地說：「我不要你走，就算讓你死，我也要你留在我身邊……」

羅獵呆呆望著蘭喜妹臉的那兩道晶瑩，不知是雨水還是淚水，內心中湧出一股難以描摹的感動，他沒有懷疑蘭喜妹的動機，即便是蘭喜妹剛才的行徑就像是一場謀殺，他也一點都不恨她，只是伸出手臂，輕輕將蘭喜妹的嬌軀擁入懷中。

蘭喜妹抬起頭將冰冷但細膩光滑的俏臉緊貼在他堅毅的面龐上，雨很急，風很大，浪很高，可他們彼此的心中卻感到難言的溫暖……

風九青沒有第一時間發起報復，對她而言分水梭更加重要。

這三艘炮艇是馬玉良引以為傲的海軍裝備，西海雖然水域遼闊，可畢竟處於高原內陸，完全屬於馬玉良的勢力範圍，按理說組建水師根本沒有任何的必要，可馬玉良仍然組織了一支水上武裝力量，過去是用來巡邏和制止偷捕，今天才發揮了真正的戰鬥力。

擊毀漁船後，三艘炮艇在附近水域胡亂射擊一通，然後調轉船頭揚長而去。落在最後的那艘炮艇，士兵們還沉浸在剛才擊毀漁船的喜悅中，就在他們嘻笑談論之時，突然看到一個身影出現在炮艇甲板上，卻是一位年輕貌美的女子。

那女子身上的衣衫全濕，貼在身上更顯得體型凹凸有致，極其誘人。

那群士兵先是用武器瞄準了女子，當他們看清只不過是一個孤身女子之時，紛紛大笑起來，為首一人道：「看來西海龍王爺因為我們打了勝仗，特地派一位美女過來犒賞咱們呢。」

聽他這麼一說，眾人笑得越發猖狂。

那女子點頭道：「我叫風輕語，你們擊毀了我的船！所以我要殺了你們。」

那群士兵哈哈大笑，為首那人指著風輕語道：「你怎樣殺我？乾脆用你的兩條腿夾死我好不好？」

眾人笑得就快喘不過氣來。

風輕語卻很認真地點了點頭道：「好！」然後她就如同一陣黑色旋風般衝向了那名說話的男子，一雙修長筆挺的美腿夾住了他的脖子，只聽到喀嚓一聲，就將對方的頸椎夾了個粉碎。

一眾士兵先是出於本能反應散到了周圍，而後又蜂擁而上，他們最先想到的還是活捉風輕語，風輕語身法有若鬼魅，靈動地穿梭於眾人之間，她手中已經多了雙刀，所到之處，絕不留情，大片的鮮血如同鮮花怒放，在她的周圍綻放開來，剛才還在歡慶勝利的軍艦甲板已經變成了屠宰場。

宋昌金不知自己漂了多少時候，雖然是仲夏的天，可是西海海水仍然溫度很低，他感覺自己就快被凍僵了，他抱著一截圓木，卻是漁船斷裂的桅杆，天放晴了，頭頂的烏雲散去，風也平息了下來，宋昌金極度口渴，下意識地舔了舔嘴唇，感覺嘴唇粗糙而乾裂，他一手抱住桅杆，鞠了一捧水喝了，又鹹又澀，甚至比起海水鹽度還要高。

宋昌金的雙目都浮腫起來，他望著遠處，太陽正在一點點墜入湖水之中，回想了一下船毀之後的情景，他已經在這水面上漂了一整天，宋昌金想到了水龍捲，現在那水龍捲不知去向何方，或許已經散了。

宋昌金感歎自己命大的同時想起了其他的同伴，他心中第一個想到的居然是羅獵，再怎麼說也是自己的侄子，宋昌金四處張望的時候，看到在他右前方不遠的地方有一座突出水面的陸地，從規模上看應該是一座小島，宋昌金從心底激動起來，他奮起全力開始划水，向那座小島不斷靠近。

宋昌金爬上小島沙灘上的時候已經是筋疲力盡，走了一步，他就再也邁不動步子，直挺挺趴倒在沙灘上，浪花不停在後方拍打著他的足底，宋昌金一動不動地趴著，直到一隻白色的水鳥邁著不緊不慢的步伐來到他的面前，那水鳥先是好奇地望著他，然後試圖去啄他的眼球。

宋昌金在水鳥探頭的剎那猛然伸出手去，將水鳥的雙腿抓住，乾脆俐落地扭斷了水鳥的脖子，這隻倒楣的水鳥即將成為他今晚的晚餐。

宋昌金踉踉蹌蹌站起身來，此時他看到不遠處的沙灘上也有兩個人正相互攙扶著站了起來，對方顯然也看到了他。

宋昌金的臉上露出了笑容：「大侄子！」落水之後他還是第一次聽到自己的聲音，變得嘶啞低沉。

羅獵的面龐也被水泡得有些浮腫，不過他精神挺好，那個和他相互攙扶的女子轉過頭來，向宋昌金甜甜一笑道：「宋先生，別來無恙？」

宋昌金就算敲破腦袋也想不出這女子怎麼會是蘭喜妹，他本以為是風九青或風輕語之中的一個，畢竟當初登船的人中並沒有蘭喜妹在內，他很快又想起了那架在空中對他們進行第一輪襲擊的飛機，難道飛機是蘭喜妹所操縱的？

三人來到高處，雖然沒有走上海島的頂點，已經能夠判斷出這裡四面環水，應當是西海中被稱為海心山的島嶼。

宋昌金頹然在石塊上坐了下去，蘭喜妹走過去拍了拍他的肩頭道：「就你一個人逃出來了？」

宋昌金沒好氣道：「不是還有你們？」

羅獵道：「天就要黑了，我先去找點淡水。」他雖然帶著皮囊，可皮囊裡面的水在他們漂流的途中已經喝完了，比起食物，淡水才是最為關鍵的。

宋昌金擺了擺手示意羅獵自便，他累得不行，只想好好歇歇。

蘭喜妹道：「我跟你去。」她可不願意留下來和宋昌金這隻老狐狸作伴。

羅獵和蘭喜妹繼續向山上走去，來到半山腰的時候，發現這裡有一眼山泉，羅獵鞠了一捧泉水飲入口中，頓時覺得甘甜清冽，是淡水無疑，兩人先喝了個飽，又在水潭邊沖了沖身子，畢竟西海的水中鹽分太大，即便是乾了之後身上也很不舒服。

沖洗之後，趁著夕陽未落，找了向陽的地方，爭取將濕衣曬乾，羅獵找了枯枝，原來他身上還帶著火種，很快就升起了一堆篝火，他向蘭喜妹道：「你在這裡等我，我去叫三叔過來。」

蘭喜妹道：「不用你叫，他已經來了。」她伸手指了指山下，果然看到宋昌金拄著一根木棍，步履維艱地爬了上來。

宋昌金一邊攀爬一邊抱怨道：「敢情你們已經將我老人家忘了個乾乾淨淨，羅獵啊羅獵，見到女人連親叔叔都顧不上了。」

羅獵笑了起來：「三叔，我正要去找您呢。」

宋昌金道：「這話只有你自己才信，沒義氣的小子。」

蘭喜妹呸了一聲道：「老狐狸，最不講義氣的那個是你才對。」

宋昌金仍然沒忘那隻死鳥，拎著去山泉處宰殺。趁著這會兒功夫，羅獵和蘭喜妹又去周圍尋找食材，距離他們升起篝火的地方不遠有大片的鳥兒棲息地，沙土地上，遍地都是鳥蛋，蘭喜妹打了兩隻鳥兒，帶了回去。

夜很快就到來了，他們三人圍坐在篝火旁，衣服已經乾了，三隻水鳥正在篝火上炙烤，宋昌金舒舒服服瞇著一雙眼睛，突然感覺自己好像重新活了一遍，他砸吧了一下嘴唇道：「幸虧漁船被擊沉了，如果今天咱們進入了那水龍捲之中，只怕現在已經死了。」

羅獵沒說話，目光轉向蘭喜妹，蘭喜妹應該知道什麼，否則她不會不惜一切代價過來阻止他們。

蘭喜妹知道羅獵在看自己，卻躲避著他的目光，俏臉浮起兩片嫣紅，似乎是被篝火映照，可她自己卻清楚真正的原因。

羅獵道：「風九青不會死，我看咱們船上的人多半都能夠躲過這次災劫。」

宋昌金道：「別人有沒有躲過我不清楚，我也不在乎，反正，就算風九青活著，機會也是失不再來了。」

羅獵聽他這麼說，突然想起風九青曾經說過的話，每隔九年，青銅龍宮才會開啟一次，今天錯過了進入青銅龍宮的機會，豈不是意味著下次再想進入其中還要在九年之後？難怪宋昌金會如釋重負，對他而言或許意味著至少能多活九年。

宋昌金將烤好的一隻水鳥遞給蘭喜妹，蘭喜妹卻看出這是宋昌金自己的那一隻，指了指另外一隻道：「我要那個。」

宋昌金暗歎，這妮子心眼兒太多，連這也沒能逃過她的眼睛，於是將另外一隻遞給了蘭喜妹，將剛才的那隻向羅獵遞去。蘭喜妹卻搶過他手中的另外一隻，遞給羅獵道：「吃這個，他的那隻沒放血，不好吃。」

宋昌金訕訕笑了起來：「我老人家，不跟你一般計較。」

三人在水上漂了一整天都餓了，先填飽了肚子，宋昌金吃相不雅，風捲殘雲般將自己的那隻水鳥啃得乾乾淨淨，然後舒舒服服伸了個懶腰道：「舒服，早知道這麼好吃，應該多抓兩隻水鳥。」

蘭喜妹道：「這島上水鳥甚多，而且牠們並不怕人，想要多抓幾隻還不容易？不過老人家晚上吃太多不好，等明個兒，我去抓來，孝敬您老人家。」

宋昌金笑道：「大侄子，你這小媳婦兒真會說話。」

蘭喜妹聽他這樣稱呼自己，心中喜不自勝，連帶著感覺宋昌金前所未有的順眼。偷偷看了羅獵一眼，發現羅獵的表情極其自然，難道他心中也認同了自己？

宋昌金道：「這島上沒有其他人，咱們吃飽喝足，好好睡上一覺，等明個兒再想如何離開的事情。」

他打了個哈欠道：「我換個地方，不打擾你們說悄悄話。」老狐狸很有眼色，自己去距離他們一百多米外的地方找了個避風處，重新升起了一堆篝火。

蘭喜妹望著遠方的那堆篝火道：「這老狐狸又不知道在打什麼主意。」

羅獵道：「我看過，這小島之上並無其他人，也沒什麼植被。」

蘭喜妹道：「也好，省得他打攪咱們。」她看了羅獵一眼，怯怯道：「我冷！」

羅獵道：「這裡的天氣就是這樣。」

蘭喜妹望著這個故意不懂風情的傢伙恨得牙有些癢癢的，她才不相信羅獵不明白自己的意思，在頭腦方面蘭喜妹少有服氣過，可對羅獵卻是唯一的例外，天生要強的她在羅獵面前甘心收起好勝之心，甘心做一個小女人，只有真心愛一個人的時候才會甘心為他付出。

蘭喜妹已經習慣了羅獵在感情上的不斷躲避，可在這一座孤島上，他想逃又能逃到哪裡去。蘭喜妹就勢一歪靠在了羅獵的懷中，她甚至擔心羅獵會將自己一把推開，可這次羅獵並沒有這麼做，輕聲道：「你是不是太不矜持了。」

蘭喜妹吥了一聲道：「去你的矜持，我想怎樣就怎樣，有點君子風度好不好，我冷！」她抓住羅獵的手臂幫著他繞過來抱住自己。

羅獵道：「為什麼要阻止我進入水龍捲？」他心中仍然在想著這件事。

蘭喜妹道：「你覺得自己厲害？你覺得自己能夠永遠不死？有沒有搞錯，那是水龍捲，只要進入其中，別說那艘漁船，你們所有人都會被撕碎。」

羅獵道：「好像沒那麼簡單吧？」他總覺得蘭喜妹對自己隱瞞了什麼，她應該知道一些奧秘，關於水龍捲的奧秘，甚至關於風九青的這次行動，但是蘭喜妹並沒有說出來。

羅獵道：「你不是說你想要九鼎嗎？」

蘭喜妹沒說話，只是閉上雙目，偎依在羅獵懷中，享受羅獵帶給她的溫暖。

羅獵道：「你是不是知道九鼎的秘密？」

蘭喜妹掩住羅獵的嘴，然後撲入他懷中緊緊抱住了他，無聲啜泣起來，然後越哭越是傷心，到最後甚至不能自已。羅獵不知為何她會如此傷心，自己好像也沒說太過分的話。只能低聲勸慰她，畢竟這島上還有個宋昌金，蘭喜妹動靜這麼大，不可能逃過那老狐狸的耳朵，羅獵也不想讓他看笑話。

蘭喜妹好不容易才止住了哭聲，抽抽噎噎道：「我不要什麼九鼎，我什麼都不要，我只要你……只要你陪在我身邊就好……」

## 第六章

# 死而無憾

蘭喜妹望著羅獵，心中感覺溫暖和踏實，
羅獵心中不是沒有自己，雖然他一直都在逃避，
可是關鍵時刻他仍然選擇保護自己，蘭喜妹癡癡望著羅獵，
哪怕是他心中只有這小小部分屬於自己，自己為他死而無憾。

羅獵徹夜未眠，對他而言失眠已經成為習慣，遠方的天空變成了魚肚白的顏色，黎明即將到來，水天之間的分界變得漸漸明朗。羅獵的目光卻變得深沉，他幾度產生了想要進入蘭喜妹腦域的想法，然而羅獵最終還是選擇了放棄，人和人之間需要尊重，尤其是他們之間。

從呼吸節奏的改變，羅獵知道蘭喜妹已經醒來，不過她仍在裝睡，或許貪戀自己懷中的溫暖吧。

宋昌金已經圍著小島蹓躂了兩圈，用衣服抱著一捧撿來的鳥蛋，這些可是他的早點。

宋昌金道：「醒了？美人在懷，睡得舒服啊！」

聽到宋昌金的聲音，蘭喜妹也不好意思繼續裝睡，揉了揉眼睛，從羅獵懷中坐起身來。

羅獵笑道：「被當了一整夜人肉床墊，您老要不要試試？」

蘭喜妹瞪了他一眼，起身去泉水邊梳洗，宋昌金擺著手道：「沒那福分，也沒那膽量。」

羅獵起身迎向宋昌金看了看他的收穫：「咱們手上沒鍋啊，怎麼吃這些鳥蛋？」

宋昌金道：「誰說沒有，我剛撿了一個，待會兒把鳥蛋全都煮出來。」他剛在岸邊撿到了一口鍋，應當是漁船上的物品，在漁船被魚雷擊沉後，順水漂來。

羅獵爬上了海心山的最高點，舉目望去，西海之上霧氣騰騰，太陽還未出來，以他的目力也看不到太遠的地方。羅獵並不擔心其他同伴的安危，當時的情況雖然緊急，可是對他們這些身懷異能的人來說，算不上什麼。

在他們吃完早飯之後，日出東方，雲消霧散，羅獵最先發現了遠方海面上的黑點，那是一艘船。

宋昌金和蘭喜妹全都來到羅獵身邊，宋昌金道：「炮艇，馬玉良的炮艇。」

蘭喜妹道：「要不要躲起來？」

羅獵搖了搖頭道：「旗幟已經被人摘掉了，雖然是馬玉良的炮艇，可駕船的應該不是他的人。」

宋昌金對羅獵的觀察力深感佩服，自己大概是被水泡昏了頭，這麼明顯的事情都沒有看出來。蘭喜妹有些害怕，她抓住羅獵的右手，低聲道：「如果他們知道是我開的飛機，會不會……」

宋昌金道：「現在知道害怕已經晚了，你壞了風九青的大事，她肯定會找你算帳，不過這小子應該會護著你。」

羅獵感覺到蘭喜妹的小手冰冷，她是真的恐懼。羅獵不明白她因何會如此害怕風九青，即便風九青擁有著強大的實力，可是自己也不弱，有自己在這裡，絕不會讓風九青傷害到她。

炮艇越行越近，羅獵已經看清站在船頭的風輕語。

宋昌金揮舞著手臂，一邊大喊著自己人，他擔心炮艇會盲目開炮，誤傷到島上的他們。

羅獵三人登上炮艇，發現風九青並未在船上，只有風輕語帶著幾名水手。

宋昌金主動搭訕道：「來了，幸虧你來找我們，不然還不知道何時能夠離開這座小島呢。」

風輕語根本沒有理會他，從蘭喜妹登船之後就冷冷望著她，羅獵主動阻擋在蘭喜妹的面前，平靜道：「風姑娘有什麼話不妨直說。」

風輕語道：「是不是你告了密？」這句話顯然是對蘭喜妹所說。

蘭喜妹的一張俏臉失去了血色。

羅獵從風輕語的話中不難判斷出，她們在過去應當是認識的，蘭喜妹顯然對自己隱瞞了不少的事情。

蘭喜妹咬了咬櫻唇，從羅獵的身後走出，向風輕語道：「你是誰？」

風輕語道：「壞了我姐的大事，小賤人！我要了你的命！」說話間已經騰空而起，雙刀在手向蘭喜妹劈斬而去。

羅獵對此早有準備，一把將蘭喜妹推到旁邊，左手揮出，一道寒光後發先至，射向風輕語的咽喉，逼迫風輕語不得不先放棄蘭喜妹，雙刀在面前交叉，封住飛刀前行的軌跡，噹的一聲，飛刀和雙刀撞擊在一起，強大的力量讓風輕語的手腕為之一麻，她此時方才意識到羅獵過去一直沒有展示出真正的實力。

羅獵道：「誰想動她，首先要過我這一關。」他背負雙手，周身彌散出前所未有的殺氣，風輕語為他的殺氣所迫，不由得呼吸為之一窒。在這一刻她甚至感到了恐懼，意識到如果自己堅持追殺蘭喜妹，那麼先死去的那個可能是自己。

蘭喜妹望著羅獵堅實的背脊，內心中感覺到溫暖和踏實，先前的那點恐懼已經變得無影無蹤，羅獵的心中不是沒有自己，雖然他一直都在逃避，可是在關鍵時刻他仍然選擇毫不猶豫地保護自己，蘭喜妹癡癡望著羅獵，哪怕是他心中只有這小小的部分屬於自己，自己為他死而無憾。

宋昌金遠遠躲到了一旁，他清楚這兩個人的實力，神仙打架還是躲得越遠越好，省得被無辜波及。

風輕語緊緊握住雙刀，她的表情雖然凶狠，可是內心卻在猶豫。

一個幽然的歎息聲響起，眾人循聲望去，卻見風九青毫無徵兆地出現在甲板之上，僅僅一日不見，風九青的滿頭青絲已經變得雪白，只是容顏未改。

風九青出現之後，風輕語瞬間就失去了存在感，雖然她們的確長得很像，可是兩人同時出現的時候，所有人的注意力都會集中在風九青的身上。

羅獵望著風九青的滿頭銀絲，心中暗奇，難道昨天的事情對她打擊太大，竟然一夜白頭？

風九青道：「我今天才知道，**原來一個人為了所謂的愛情可以捨棄一切。**」

她盯住蘭喜妹道：「不要告訴我你不知道九鼎對你的意義。」

蘭喜妹此時已經完全平靜了下來，她輕聲道：「娘！」

羅獵內心劇震，他怎麼都不會想到蘭喜妹非但和風九青認識，而且她還是風九青的女兒，羅獵只記得蘭喜妹的父親是弘親王載祥，她是載祥和一個日本情人的私生女，卻想不到她的母親就是風九青也就是藤野晴子。

蘭喜妹一直都跟自己說過，她的母親已經死了，而且說是被父親害死，難道從頭到尾蘭喜妹所說的都是謊言。

風九青搖了搖頭道：「你不是我的女兒，你也不配！如果我昨日成功找到九鼎，那麼你還有獲救的機會，現在……」她搖了搖頭，雙目中找不到任何的溫情和慈愛：「是你自己害死自己。」

羅獵聽得心驚肉跳，不知風九青因何要這樣說，聽她話中的意思，蘭喜妹應該命不長久，可自己從未聽她說過。

蘭喜妹道：「我的死活跟你又有什麼關係？你也不會在意，你變了，你早就不是自己了。」

風九青道：「我不殺你，殺了你反倒讓你得償所願，你的命數上天註定，昨天曾經有改變你命運的機會，而你自己放棄了。」

蘭喜妹大聲道：「你沒有任何權利將他帶走，這個世界上任何人都不可以將我們分開！」她滿臉都是淚水。

風九青漠然望著她道：「有！他走了你會痛苦，可是你死了，他一樣會痛苦。」她的話音剛落，蘭喜妹嬌軀一軟，向甲板上倒去，羅獵反應及時，一把將她的纖腰摟住，再看蘭喜妹已經毫無知覺氣若遊絲。

羅獵怒吼道：「你對她做了什麼？」

風九青道：「她是我的女兒，縱然做了再對不起我的事情，我也不會殺她，我說過，命數乃上天註定，她命該如此，任何人都無法改變。」

羅獵擁住蘭喜妹，內心陷入惶恐和悲傷之中，他不知道自己的生命中能否承受再次失去愛人的痛苦。他將蘭喜妹輕輕放在甲板上，然後轉身走向風九青。

風九青感受到了來自於羅獵身上強大的殺氣，風九青望著羅獵，不無嘲諷道：「你想殺我？」

羅獵點了點頭，如果蘭喜妹就此死去，他不會放過風九青和她陣營中的每一個人。

風九青歎了口氣道：「為了一個女人，你的格局果然不大。」她轉過身軀，背對著羅獵，望著波濤浩渺的西海，沉默良久方才道：「九年，她讓我錯過了一個九年，你知不知道我為了這一天，做了多少準備？失去青春，忍辱負重，不惜親手剷除自己的家族，我為了什麼？」

羅獵道：「你還有下一個九年！」

風九青內心一震，原本黯淡的內心竟浮現出一絲光亮，她低聲道：「如果我沒有理解錯，你在求我？」

羅獵道：「只要你能救活喜妹，我可以求你，我甚至可以答應你，九年之後，我一定回來陪你尋找九鼎！」

風九青仰起頭忽然發出一連串的長笑，笑到最後竟然變成了哭聲，轉過頭來，臉上看不到一絲一毫的淚滴，她輕聲道：「就算我傾盡所能，也只能給她三年的性命，你願意嗎？」

蘭喜妹醒來的時候，發現自己躺在羅獵的懷中，天空晴朗，碧藍如海的空中飄蕩著潔白的雲朵，身邊綠草青青，遠處的草丘上點點潔白如雲的羊兒正在吃草，蘭喜妹舒了口氣，又咬了咬櫻唇，直到她感覺到疼痛，方才停下，小聲道：「我還以為自己已經死了。」

羅獵笑道：「傻瓜，活得好好的，為什麼想死？」

蘭喜妹坐直了身子，環視周圍沒有人，西海就在他們的正南方：「他們呢？他們都去了什麼地方？」

羅獵道：「你不喜歡單獨和我在一起？」

蘭喜妹搖了搖頭，紅著俏臉道：「喜歡，只是覺得有點怪。」

「哪裡怪？」

蘭喜妹道：「你過去可從沒對我那麼好過。」

羅獵道：「所以你覺得我虛偽？」

蘭喜妹笑而不語，即便是虛偽她也喜歡。

羅獵從口袋中掏出一樣東西，那東西在陽光的照射下反射出耀眼的光芒，卻是羅獵母親生前所戴的指環。

蘭喜妹睜大了雙眸，她意識到了什麼，可是卻又不敢多想。

「嫁給我好嗎？」

蘭喜妹呆呆望著羅獵，眼睛紅了，晶瑩的淚水在眼圈中打著轉兒。

羅獵看到她的樣子，不由得有些慌張：「如果你不願意就當我什麼也沒說，可你也別生氣……」他作勢要收回指環，卻被蘭喜妹一把抓住了手腕，蘭喜妹道：「你再說一遍！」

羅獵這次已經沒有了上次的信心，小聲道：「我說你嫁給我好嗎？」

蘭喜妹重重點了點頭，她將潔白細膩的纖手伸向羅獵，羅獵小心翼翼地將指環給她戴上，抬起頭，卻看到蘭喜妹一邊笑一邊流淚。

羅獵從身後拿出早已準備好的一束野花，交到蘭喜妹的手中，蘭喜妹接過鮮花，然後猛然撲入羅獵的懷中，她的右手握緊拳頭不停擊打著羅獵堅實的背脊：「混蛋，羅獵你這個混蛋……你知不知道我等你說這句話等了多久……你知不知道……你知道的……你知道我好想要這個指環……你知道，你什麼都知道……」

黃浦的秋天透著清冷，入秋後的雨季也格外漫長，一輛黑色的轎車停靠在黃浦近郊的一座小樓前，從車裡走出了一位身穿黑色風衣的女子，她身材高挑，氣質高貴，黑色墨鏡遮住了她的俏臉，更映襯得肌膚雪白。

「青虹！」小樓前一位衣著樸素的女子呼喚著對方的名字，歡快地奔向對方，她是唐寶兒，那位黑衣女子是離開國內三年的葉青虹，兩位閨蜜雖然從未中斷書信來往，可是見面卻是三年間的第一次。

葉青虹取下墨鏡，俏臉上露出一絲微笑，即便是故友重逢，她的微笑仍然是矜持且冷靜的，遠不及唐寶兒的熱情。唐寶兒緊緊擁抱著葉青虹，激動得已經流淚：「青虹，你這個沒良心的傢伙，怎麼走了那麼久，你怎麼就不想我？」

葉青虹掏出手帕，微笑著為唐寶兒抹去淚水：「傻丫頭，都這麼大了還動不動就哭鼻子。」

唐寶兒道：「人家開心嘛！快，裡面坐，你看我只顧著高興，連起碼的待客之道都忘了。」她讓傭人幫葉青虹拿了行李，和葉青虹手挽手走入小樓。

葉青虹抬頭看了看李公館三個字，輕聲道：「不好意思啊，你去年結婚，我都沒有過來。」

唐寶兒道：「看在你送我那麼一大份厚禮的份上，原諒你了。」她於去年五月嫁人，為此專門寫了信給葉青虹，又拍了電報，可葉青虹這位她最好的閨蜜仍然沒有過來參加她的婚禮，雖然婚禮當天委託他人送來了禮物，可是對唐寶兒來說始終是個莫大的遺憾。

葉青虹的目光停留在客廳懸掛的大幅油畫上，那是唐寶兒結婚時的油畫，新郎英俊瀟灑，新娘嬌羞可人。葉青虹凝視良久，輕聲讚道：「真是郎才女貌。」

唐寶兒笑道：「什麼郎才女貌，這油畫只有三分像我們，七分都在美化，說實話，當時送過來的時候，連我自己都不認識自己了。」

這對好姐妹同時笑了起來。

葉青虹道：「你家李先生呢？」

唐寶兒道：「去羊城做生意去了，估計還得有一個月才能回來。」

葉青虹笑道：「這豈不是意味著咱們姐妹可以在這個月裡為所欲為了。」

唐寶兒點了點頭道：「那是當然。」

葉青虹先去洗漱，唐寶兒則張羅著讓傭人準備晚餐。

葉青虹沐浴更衣下來，唐寶兒已經準備好了晚餐，當晚準備的都是黃浦的本幫菜，葉青虹吸了口香氣道：「知不知道我在歐洲最想念什麼？」

唐寶兒險些脫口而出，可兩個字到了唇邊馬上又改了主意，咯咯笑道：「當然是我對不對？」

葉青虹道：「就是咱們黃浦的本幫菜。」

唐寶兒道：「歐洲也有華人餐廳的。」

葉青虹道：「雖然有，可味道總是差了許多。」

唐寶兒邀請葉青虹坐下，指了指桌上的兩瓶酒，一瓶法國紅酒，一瓶國產白酒，葉青虹搖了搖頭道：「不喝酒了！」

唐寶兒道：「久別重逢怎麼可以不喝酒呢，酒逢知己千杯少，那你一定是沒把我當成知己。」

葉青虹道：「我發過誓……」說到這裡她突然停了下來，她發過誓，三年前她曾經發誓有生之年再也不踏足故土，然而她終究還是回來了，究竟是故土難離，還是其他的原因，只有自己的心中明白。

時過境遷，有些事她本以為會隨著時間的推移而變淡，可她發現偏偏有些事無法忘卻，時間過得越久痕跡就越是清晰，或許將困擾她一生，而這次的回歸應該是為了尋找解脫。

唐寶兒看出她突然變化的情緒，小心翼翼道：「那，咱們喝點黃酒？」

葉青虹抬起頭，指了指她左手中的白酒道：「算了，下不為例，喝白的。」

酒可以幫人放鬆，人在酒精的麻痹下可以輕易說出平時難以開口的事情。唐寶兒有句話始終想對葉青虹說，可三年來一直沒有機會，在幾杯酒下肚之後，她終於道：「對不起！」

葉青虹有些詫異地望著她道：「為什麼要向我說對不起？」

唐寶兒道：「如果不是因為我，于家可能也不會那麼針對你們，害得你被迫離開。」

葉青虹笑了起來：「和你無關，那件事歸根結底還是任天駿在背後作梗，不是已經水落石出了，真正的兇手已經投案，所有人的嫌疑都洗清了。」

唐寶兒點了點頭道：「我到現在都不明白，為什麼老安要殺于衛國，他們之間好像沒什麼仇恨。」

發生在三年多以前的那起案件震驚了整個黃浦，于衛國被殺之後，嫌疑人鎖定為羅獵，而于家為了抓到嫌疑犯一度開出十萬大洋的高額懸賞，最後追加到二十萬，兩年前，還是老安主動去投了案，殺人的動機和過程說得清清楚楚，此案方才水落石出，不過老安在投案不久之後成功越獄，至今尚未歸案。

于衛國的案子也就始終沒有結案，唐寶兒之所以向葉青虹道歉，是因為她和于衛國差一點訂婚，後來她利用羅獵來擺脫于衛國，正是因為這個原因羅獵和于衛國結下了樑子。後來在調查于衛國被殺一案中，羅獵和于衛國曾有的矛盾，也成為警方懷疑並指證他的主要原因。

唐寶兒認為如果沒有于衛國的事情，羅獵就不會亡命天涯，葉青虹也就不會被迫前往歐洲，兩人也就不會分開，她始終認為兩人最終沒能走到一起和自己有一定的關係。

葉青虹道：「往事如煙，過去的就是過去了，這個世界上有兩件事你抓不住，一是時間，還有一個是……」葉青虹沒有說完，端起面前的酒杯一飲而盡。

唐寶兒望著葉青虹，她本以為三年的時光會讓葉青虹淡忘逝去的那段感情，可是從見到葉青虹的那一刻起她就知道，葉青虹沒有忘記，她無法想像如此執著的葉青虹這三年是怎樣度過的。

唐寶兒想問葉青虹的境況，可她又怕觸及到葉青虹的傷心處。

葉青虹笑道：「說說你自己，我記得你好像和張長弓很聊得來。」

唐寶兒不好意思地笑了：「張大哥，的確聊得來，我們還是酒友，不過僅限於此，半年前他倒是來過一次，為福音小學的事情，我還請他吃了飯。」

葉青虹哦了一聲，她的內心明顯加速跳動了，因為她想到了他，張長弓是他最好的朋友，應當知道他的消息。

唐寶兒道：「張大哥還問我來著，有沒有羅獵的消息。」她終於還是說出了這個名字。

葉青虹聽到羅獵兩個字的剎那，端酒杯的手明顯抖動了一下，灑出了小半杯酒。隨即她笑著解釋道：「喝多了，酒杯都握不住。」

唐寶兒道：「你自然喝不過我，我樣樣比不過你，可唯獨喝酒我比你強。」

葉青虹搖搖頭道：「何必和我相比，一個女人最重要的不是酒量，也不是才貌，最重要的是歸宿……」唐寶兒已有了她的歸宿，而自己至今仍然孑然一身，葉青虹知道現在的狀況和自己執著不遷就的性情有關，她將手中的半杯酒喝掉。

唐寶兒再次給她斟滿，輕聲道：「每個人的心氣不一樣，我沒有你的才貌，也沒有你的性子，所以隨便找個人就嫁了，你要是想找歸宿，後面排隊的人能把地球繞上一圈。」

葉青虹笑了起來：「你在安慰我。」

唐寶兒認真地說道：「青虹姐，在我心中你是這世上最優秀的女人。」

葉青虹聽到最優秀這三個字，心中浮現起淡淡的憂傷：「也只是在你心中罷了。」一酒喝下去喉頭火辣辣發熱，可葉青虹的內心卻無比淒冷，這三年的歲月都是如此，沒有任何辦法能將它溫暖。

唐寶兒道：「你這次回來是不是有事？」

葉青虹搖了搖頭道：「沒什麼事，就是離開得久了，很想念這裡，也很想念你們這些朋友。」她並沒有將真正的原因告訴唐寶兒。

唐寶兒笑道：「都想見什麼人，我來出面張羅。」

葉青虹沒說話，其實即便是她不說，唐寶兒也知道她最想見的那個人是誰。

唐寶兒道：「張長弓他們我倒是一直都有聯絡，安翟就在黃浦，他和周曉蝶結婚了。兩人開了個綢緞莊，生意好得不要不要的。」

葉青虹的臉上總算有了笑意：「想不到他也能夠安定下來。」

唐寶兒點點頭道：「三年前他外婆走了，當時所有人都來參加葬禮……我……」猶豫了一下她還是道：「我也是在葬禮上最後一次見到羅獵的。」她悄悄打量了一下葉青虹，看到她的表情並無異樣，方才道：「他自己來的。」

葉青虹道：「他將陳阿婆當成自己的親人看，自然是要去的。」

唐寶兒道：「我當時問過他，他說要出去一段時間，還說要去歐洲，我還以為他是去找你。」

葉青虹搖搖頭，腦海中卻浮現出在巴黎街頭偶然看到的身影，她一直告訴自己看到的全是錯覺。可心中卻又知道，他的背影自己永遠不會看錯。錯過一次是不是就意味著錯過一生？葉青虹不知道答案，她這次的歸來卻是為了尋找答案。

唐寶兒終於還是道：「他結婚了！」

「我知道！」葉青虹的聲音無比平靜，雖然她的內心在發抖。

唐寶兒道：「青虹姐，我年輕的時候也喜歡做夢，可隨著年齡的增長開始明白，人最終還是要面對現實。」她有些傷感地笑了笑道：「學會面對現實的時候，發現自己已經開始老了。」

葉青虹道：「你這妮子在拐彎抹角說我老。」

唐寶兒笑道：「我可沒這個意思，更沒這個膽子。」她向葉青虹湊近了一些，小聲道：「姐，需不需要我召集這些人過來聚聚？」

葉青虹搖了搖頭道：「不用，想見什麼人我自己會去找。」

周曉蝶的視力恢復了許多，雖然無法像正常人一樣，可是她在戴著眼鏡的前提下至少可以正常生活了，和瞎子的這場婚姻是老太太最大的願望，陳阿婆臨終前抓著他們兩人的手，話都說不出來，可意思都明白，於是瞎子趁著這個機會以沖喜的藉口向她求婚，而她也毫不猶豫地答應了。

一晃就是三年，這三年中他們經歷了老太太的過世，也經歷了不少的別離，不過他們始終在一起，在黃浦的法租界開了一家綢緞莊，因為白雲飛的關照，沒有人敢找他們的麻煩，周曉蝶心靈手巧，瞎子能說會道，兩口子的生意一天好過一天，小日子也過得紅紅火火，不過兩口子最大的遺憾就是現在還沒有孩子。

瞎子倒是不介意這些，說一輩子不生孩子都沒關係，這樣就沒人打擾他們小倆口過日子了。

結婚之後，瞎子安分守己，完全變成了一個居家好男人，每天一早都會給周曉蝶買好早點，然後自己去忙著開門。

因為快到重陽節的緣故，最近的生意格外火爆，多是孝子賢孫給長輩購買布匹添置衣服的，周曉蝶新近請了兩位裁縫，兼做起了成衣生意，在經商頭腦方面遠勝瞎子。

瞎子通常在九點開門，一般來說九點到九點半的這段時間通常是沒有生意的，瞎子剛好用來準備。可今兒剛剛開門就來了一位客人，瞎子聽到門口的風鈴聲，就樂呵呵道：「來嘍，您可是咱們店今兒開門後的第一貴客，來，裡面瞅瞅，東西南北，古今中外，上等的衣服料子小店是應有盡有，您可著勁的挑，看中的我給您優惠……」

當瞎子看清來人的時候，他的嘴巴張得老大，順手將墨鏡給扒拉了下來，驚喜道：「葉青虹？」

葉青虹笑了起來，她點了點頭道：「安老闆還認得我啊！」

瞎子激動地昂起頭，衝著樓上叫喊道：「老婆！你看誰來了！」

帶著黑框眼鏡的周曉蝶從窗口探出半個身子，隔著這麼遠，她只是模模糊糊看清是個女人，一時間想不起是誰。

瞎子激動道：「葉小姐，葉青虹，你知道的，你知道的……」

瞎子有些語無倫次了，他甚至有些鼻子發酸，這並不是因為葉青虹的久別重逢，更是因為在他心中葉青虹是羅獵最親的人，他甚至一直以為葉青虹和羅獵最終會走到一起，當年在外婆的葬禮上，羅獵和他分別之時說自己已經結婚了。瞎子當時的感覺是驚詫萬分的，他認為憑著羅獵和自己的關係，羅獵結婚這麼大的事情沒理由不通知自己。

更讓他意想不到的是，羅獵娶的人是蘭喜妹而不是葉青虹，瞎子甚至沒有來得及詢問詳情羅獵就走了，他以為羅獵很快就會回來，因為他在服喪期滿之後就會和周曉蝶成親，可羅獵並沒有過來，甚至沒有給他這個最好的朋友送上祝福，這始終都是瞎子的一個心結。

從某種意義上來說，瞎子感覺和葉青虹有些類似，就是被羅獵無情地拋棄了，而且沒有解釋，沒有藉口。

周曉蝶認得葉青虹，可是她和葉青虹之間並沒有太深的交情，如果追根溯源，其實應該是仇恨才對，不過周曉蝶早已放下了過去的恩怨，儘管如此，周曉蝶對葉青虹能夠做到的也只是客套罷了。

葉青虹參觀了他們兩口子的綢緞莊，並象徵性地購買了一條絲巾，雖然兩口子說什麼都不願收錢，可葉青虹還是堅持付錢，這次的回歸讓她感覺似乎一切都沒多大改變，可似乎一切又全然不同了。

葉青虹謝絕了兩人要留她吃午飯的邀請，趁著客人最多的時候，悄悄走了，一個人走向不遠處的外白渡橋，望著堅硬鋼結構的護欄，感覺自己的內心被這一個個堅硬的稜角反覆的磨蹭著，葉青虹很想暢快地哭上一場，可她卻哭不出來。

她沒有告訴任何人，自己之所以回來，並不是一時興起，而是因為她收到了一封信，約見的地點就在這裡，而約見的時間卻在一周之後，羅獵！她不知道隔了這麼多年，他約自己見面的目的是什麼？難道是為瞭解釋當年的事情？可仔細想想，羅獵似乎也從未給過自己什麼承諾，甚至都沒有說過一句愛她的話，羅獵似乎並沒有解釋的必要，葉青虹想拒絕，可是她思前想後終於還是沒有拒絕。

葉青虹早到了一個星期，只有她自己才知道這段航程的煎熬，她早來是想熟悉這片自己曾經生活過的地方，是想找回過去的記憶，可最後所有的理由都被一個真正的原因打敗了，她一直都期盼著和他的相見。三年了，無論他心裡有沒有她，可她心裡只有他。

「葉小姐！」瞎子的聲音在身後響起，發現葉青虹不見了，他趕緊放下店裡的生意追了出來。

葉青虹回過頭，向瞎子笑了笑道：「你不在店裡忙，出來做什麼？」

瞎子不好意思地笑了起來：「今天生意太忙，剛才實在是怠慢了。」

葉青虹道：「可千萬別這麼說，你真要是這麼想那可就見外了。」

瞎子笑道：「沒見外，好幾年沒見了，其實我有很多話想跟你說，葉小姐，你沒其他事吧？」

葉青虹搖了搖頭，忽然有些後悔自己的這個表示。

瞎子道：「我請你吃飯。」

葉青虹道：「我剛從唐寶兒家裡吃了早餐出來，這離中午早著呢。」

瞎子不好意思地摸了摸後腦勺道：「那就站著說兩句。」

葉青虹笑著點了點頭道：「成，就在這兒說。」

瞎子道：「嗳，葉小姐，這三年你見過羅獵沒有？」

葉青虹聽他這麼問就已經明白了，這三年之中，羅獵也沒有跟他聯繫過，她搖了搖頭道：「你不說，我幾乎都忘了有這個人。」嘴上說得輕描淡寫，心中卻是千般滋味。

瞎子道：「我外婆去世的時候他來過，我本以為他會來參加我的婚禮，可他沒來，從那以後我就沒見過他，這些年，所有朋友那裡我都打聽過，全都沒有他的消息，我還以為你能有他的消息呢。」

葉青虹搖了搖頭道：「我們很久沒見了，早就斷了聯絡，上次跟他見面還是在黃浦出事的時候。」

瞎子道：「你……知道羅獵結婚的事情吧？」

葉青虹點點頭，抿嘴笑了笑道：「他也不說，都沒機會恭喜他。」

瞎子道：「我都不知道是真是假，他說跟蘭喜妹結婚了，可這三年他們就像是人間蒸發一樣，誰都不知道他們的下落，我就擔心他該不會出了什麼事情。」

葉青虹道：「放心吧，羅獵這個人有保護自己的能力，也有保護他想保護的人的能力，他不會出事。」

瞎子道：「聽你這麼說，我心裡還好過一些。」

葉青虹道：「這次回來能夠見到你們真好。」

瞎子笑道：「我也是，想想過去，我可沒少惹事，葉小姐不會記恨我吧？」

葉青虹搖了搖頭道：「從沒記恨過，過去的就過去了，有時候偶然想起過去的事情，還非常的懷念，很想回到過去，只可惜時光是不會回頭的。」

瞎子跟著點了點頭道：「其實這三年我們這些老朋友也甚少見面。」

葉青虹道：「你們天南地北的，真要聚在一起也不容易。」瞎子道：「可不是嘛，張長弓回了白山，陸威霖去了南洋，阿諾帶著瑪莎回歐洲了，他們倒是都經常有信過來，不像羅獵，這三年徹底斷了音訊。」

葉青虹道：「他們都成家了？」

瞎子道：「除了張長弓還單著，其他人都成家了。」他看了看葉青虹道：「葉小姐現在還是一個人？」

葉青虹笑了笑道：「我習慣了。」

瞎子道：「要不這麼著，今晚我就給老張他們發電報，看看大家能不能來黃浦一聚。」

葉青虹搖了搖頭道：「不了，我下周就走，就算他們全都能來，我也是來不及的。」

瞎子滿臉的失望：「葉小姐，既然回來了，就多待一段時間嗎，也許……也許能夠遇到羅獵呢。」

葉青虹攏了攏被風吹散的秀髮，輕聲道：「見不到才好……」她感到自己無法再繼續和瞎子的談話了，因為他們的敘舊始終繞不過一個名字，葉青虹道：「回去吧，你老婆一個人忙不過來。」

瞎子又道：「那明天，明天晚上我們兩口子做東請您吃飯。」

葉青虹搖了搖頭道：「不了，其實我這次回來是為了處理在國內的產業，等處理完了就走，時間很緊，要不還是這樣吧，我走之前再來拜訪。」

瞎子聽她說得堅決，只好點了點頭。

葉青虹決定暫時離開，雖然她已經做好了充分的思想準備，可來到黃浦之後所遇到的人，所發生的事，每一樣都繞不開羅獵，她明白這並不是別的原因，而是羅獵這兩個字早已融入她的血液，只要血液在流動，這兩個字就會走遍她的全身，葉青虹後悔這次的回歸，她甚至想過要放棄這次和羅獵的見面，馬上買一張最近的船票，即刻就離開這片曾經讓她傷心，還很可能讓她再次傷心的地方。

葉青虹最終只是去了姑蘇，她想了卻心中的遺憾，她不想錯過這次見面的機會，她想聽聽羅獵怎麼說，想知道三年前他因何做出了那樣義無反顧的選擇，想知道自己在他心中究竟有沒有一丁點的位置，葉青虹意識到自己從小到大就是為執著而活，能夠支持她一直走到現在的就是心中的執念。

度日如年，姑蘇風景很美，秋日陽光明媚，可葉青虹卻提不起半點兒的興趣，她發覺自己越來越像一片無根的浮萍，飄到哪裡都沒有安定的感覺。

難道是血緣的關係，無論在哪裡，她都覺得自己是個異鄉人。

清晨的外白渡橋寂靜清冷，蘇州河的河面上，飄蕩著一層淡淡的白霧，葉青虹在清晨六點就來到了這裡，她比約定的時間早了一個小時，她就是要讓他知道，是自己在等他，一直都在等他。

葉青虹看到一個身影就站在橋的中段，雖然相隔很遠，天還沒亮，可葉青虹仍然斷定那是一個女人，她的心稍稍放下，看來自己終究還是比他早到了。可她馬上又警惕了起來，向前走了兩步。

當那女子轉過面孔的時候，葉青虹整個人如同定格一般僵立在原地，她知道他或許不會來了。

蘭喜妹還是三年前的模樣，不過葉青虹還是感覺到她整個人變化了許多，從她的身上看不到殺氣，看不到心機，甚至看不到任何的缺點，剩下的只是女性的溫柔，葉青虹曾想過有一天她們見面，自己縱然可以不恨她，可絕對不會對她有任何好感，可真正面對蘭喜妹的時候，她忽然意識到自己敗了，敗得一敗塗地。

蘭喜妹向葉青虹走了過去，葉青虹也重新邁開了腳步，兩人都遵循著自己的節奏，不緊不慢，在相距一米左右的地方同時停下，蘭喜妹微笑道：「對不起，那封信是我寫的，約你回來見面的人也是我。」她主動向葉青虹伸出手去。

葉青虹並沒有馬上伸出手去：「一個能夠將欺騙說得如此坦然的人，也只有你了。」

蘭喜妹仍然在微笑，即便是葉青虹也不得不承認，她笑起來動人極了，甚至比起過去更加動人，蘭喜妹道：「我道歉。」

葉青虹伸出手去和蘭喜妹握了握，拒絕並不會讓她佔據上風，她的心胸沒那麼小，尤其是面對蘭喜妹，她更不願當一個缺少風度的失敗者，蘭喜妹的手很涼，葉青虹道：「來了很久了？」

蘭喜妹道：「有一會了，為了表達我的歉意，我總要表示出一些誠意。」

葉青虹心中暗想，你並不知道我一周之前就已經到了，嘴上卻道：「如果我不來呢？」

蘭喜妹道：「你應該會來，只是我沒想到你來得那麼早。」

葉青虹道：「比起你還是晚了。」這句話卻因為她們的經歷而被賦予了一種別樣的意義。

蘭喜妹道：「他並不知道這個世界上最瞭解他的兩個女人此刻正在一起。」

葉青虹搖了搖頭道：「我不瞭解他，雖然我認識他很早，可始終不知道他是怎樣的一個人。」

蘭喜妹微笑道：「你知道的，無論他是怎樣的人，對你我而言，他都是最重要的人。」

葉青虹的內心如同被針狠狠刺了一下，她想反駁，可並沒有開口，因為蘭喜妹說的是事實。

蘭喜妹道：「我之所以騙你回來，是因為……」她停頓了一下，然後盯住葉青虹的雙目輕輕說完了這句話：「我要死了！」

葉青虹的刺痛還沒有平復過來，卻又如同被人在心頭接著重擊了一拳，葉青虹的目光中透著迷惘和不能置信，可她從蘭喜妹平靜真誠的目光中看出蘭喜妹所說的每一個字都是真的，她沒有欺騙自己。

葉青虹搖了搖頭道：「你為什麼告訴我這些，你……你不是好端端的，你……應該告訴羅獵，他知不知道？」葉青虹心亂如麻，她不知應該說什麼。

蘭喜妹道：「他知道，他三年前就已經知道了。」

葉青虹道：「可是……為什麼會這樣？」

蘭喜妹道：「我的事情，你不會感興趣，我也不想說，其實從我很小的時候，我就知道自己命不長久，能夠改變我命運的只有一件事，那就是找到九鼎，逆天改命，所以我一直都在為此而努力。」

葉青虹點了點頭，她雖然遠在歐洲還是聽說了關於九鼎的事情，三年前羅獵曾經前往西海尋找九鼎，最後以失敗告終。

蘭喜妹道：「九鼎的秘密其實就藏在皇室之中，三年前，羅獵本有找到九鼎的機會，可是我破壞了他的計畫。因為我知道，如果他啟動了九鼎，他將永遠離開這個世界。」

葉青虹道：「如果他啟動了九鼎，是不是就能改變你的命運？」

蘭喜妹淡然道：「有可能，或許也只是一個謊言罷了。」她緩步走向橋邊，東邊的天空已經露出了一抹嫣紅，朝陽即將升起。

葉青虹道：「你為了留下他，甘願放棄逆天改命的機會？」

蘭喜妹道：「我當時就應該死去，可是他用一個承諾換來了我三年的生命。」她的美眸蒙上了一層淚光。

蘭喜妹道：「他娶了我，這三年，我們和過去斷絕了一切的聯繫，他陪著我走遍了這世界上的山山水水，我們還有了一個女兒，她叫彩虹。」

葉青虹的內心沒來由抽搐了一下，她不知道蘭喜妹為何給他們的女兒起這樣的名字，也許只是一個巧合罷了。

蘭喜妹道：「彩虹是美麗的，然而卻又是短暫的，就像是我們的幸福，這名字是我取的，當時取名字的時候，我想到了你。」

葉青虹的唇角泛起一絲苦澀的笑。

蘭喜妹道：「我是好強且自私的人，從小到大，只要是我想得到的，我都會不擇手段地據為己有，我很自私，在西海的事情之後，我曾經想過要一個人遠走，去一個任何人都找不到我的地方，因為我不想羅獵再經歷生離死別的痛苦，我不想他再傷心……」兩顆晶瑩的淚水順著蘭喜妹皎潔的俏臉流下。

葉青虹沒有安慰蘭喜妹，只是向她靠近了一些。

蘭喜妹道：「顏天心的死讓他心灰意冷，我知道你和我一樣都在默默支持著他，說真的，當初我之所以囚禁你，是因為我嫉妒，因為我看出他對你比對我更好。」

葉青虹搖了搖頭道：「他永遠不會為我做像你一樣的事情。」

蘭喜妹反問道：「如果你真這樣以為，你為何一直都在等他？」

葉青虹道：「我沒有在等，我只是習慣了一個人生活，怎麼？不可以嗎？」她的周身都在發抖，眼圈已經紅了。

蘭喜妹道：「如果當初我殺了你，他可能真的會殺了我。」

葉青虹閉上眼睛，深深吸了口氣，她提醒自己一定要控制住情緒，更不可以在蘭喜妹的面前流淚：「過去的事情，還提它做什麼？你找我來，難道只是為了懷舊？」

蘭喜妹遞給葉青虹一張照片，葉青虹接過照片，照片上是一個粉雕玉琢的女孩兒，從眉眼間看得出羅獵和蘭喜妹的影子。葉青虹強顏歡笑道：「很可愛。」蘭喜妹依然未變，她還是那麼殘忍，知不知道這樣的行為如同將自己的心臟撕得鮮血淋漓。

蘭喜妹道：「我還有不到三個月的生命，我這次來找你，他不知情。」

葉青虹道：「我不清楚，我和你們的事情有什麼關係。」

蘭喜妹道：「知不知道我為什麼一定要生下這個孩子？」

葉青虹沒有說話，每一個女人都甘心為自己所愛的男人生下他們的孩子，因為那是他們愛情的結晶，可是這跟自己又有什麼關係，葉青虹提醒自己不要聽下去，如果她理智尚存最應該做的就是一走了之，可是她想起蘭喜妹已經時日不多的現實，有些話就再也說不出口，也挪不動自己的腳步。

蘭喜妹道：「我擔心我死後，他會永遠消沉下去，因為他是個極重感情的人，有彩虹在，就算再傷心，他都會好好活下去，照顧她。」

葉青虹點了點頭，羅獵是個有責任心的人，她相信他是一個好丈夫、好父親，蘭喜妹還有什麼不放心的？

蘭喜妹道：「你知道的，他這個人對身邊的每個人都好，可唯獨對自己不好，如果我不在了，他一定會好好對待彩虹，可是他卻不會好好對待自己。我放不下啊……」

葉青虹道：「既然放不下，就去看病，現在醫學已經發展到很高的水準，我也認識很多世界上第一流的醫生……」

蘭喜妹道：「我不是病，我是生命已經走到了盡頭，這三年已經是羅獵為我求來的。」

葉青虹道：「可總有辦法，你有沒有想過，你走了，羅獵怎麼辦？你們的孩子怎麼辦？不要放棄好不好？」

蘭喜妹道：「這就是我請你回來的原因。」

葉青虹愕然道：「什麼？」

蘭喜妹道：「你願意回來，就證明你心裡一直都沒有忘記他，這個世界上如果有人能夠真心真意地對他好，我想這個人只能是你。」

葉青虹用力搖了搖頭道：「你錯了，你侮辱了我，也侮辱了羅獵，你把我當成什麼了，你把他當成什麼了？」

蘭喜妹道：「我很自私，活到現在我終於明白，我這輩子只為一個人活著，這個人就是羅獵！」

葉青虹被她的這句話深深震撼了，她一直在思索，自己因何至今無法解脫，是因為自己的執念嗎？不！她一直糊塗著，其實她的生命也因為這個人而精彩，失去他的日子，自己的每一天都是灰暗的。只是她缺少蘭喜妹的勇氣，而現在她也缺少說出這句話的資格。

蘭喜妹道：「所以我不在乎你怎麼看我，別人怎麼看我，我只想我的男人抬頭挺胸的過日子，我只想他好好活著，我生下彩虹就是為了讓他有所牽掛，讓他知道，即便是沒有我，他還有彩虹，可他是個言出必行的男人，六年後，他一定會去尋找九鼎，因為他答應過風九青，因為他用這個承諾換來了我三年的生命！」蘭喜妹已經無法控制自己的淚水，她也沒有打算在葉青虹面前掩飾。

葉青虹望著滿臉淚水的蘭喜妹，不知為何，她也流淚了。

蘭喜妹伸出手，握住葉青虹的手：「我用三年的時間試圖改變他的想法，可是我知道他不會，我走後，我希望有人能夠對他好一點，能夠體貼他一點，能夠疼我們的女兒，能夠理解他，支持他……」

葉青虹道：「我做不到，我想你找錯人了。」

蘭喜妹道：「我給你寫那封信的時候猶豫了很久，我擔心對你不公，我擔心我的要求對你太過殘忍，可是我卻從未擔心過你會不來，因為我知道，你忘不了他，你始終都在等他，你愛他！」

葉青虹用力搖了搖頭，她想逃卻逃不掉，只有不停的流淚，她有生之年在人前還從未如此脆弱過。

「其實你比我優秀得多，認識他比我更早，比我有更多的機會，可是為何沒有和他走到一起？是因為你不夠勇敢！」

蘭喜妹掏出手帕，為葉青虹擦去臉上的淚水，卻任憑自己的眼淚被秋風吹乾：「顏天心佔領了他的內心，我佔有了他三年，我想他的心中一定有我的位置，只可惜我沒有更多時間了，如果上天多給我三年，我或許還有機會改變他……可是……」蘭喜妹搖了搖頭。

她控制住了自己的淚水，望著葉青虹的雙目：「我一直以為，你比我更加堅強，我們身上果然都留著皇族的血，就連喜歡的男人都一樣。」

葉青虹道：「他是你的男人。」

蘭喜妹道：「現在是，很快就不是了，雖然我很自私，可上天偏偏不讓我如願，我能叫你一聲姐姐嗎？」

葉青虹和蘭喜妹同年，可是要比她大一個月，葉青虹沒有說話，卻同時握住了蘭喜妹的兩隻手，她們本來就是堂姐妹。

蘭喜妹道：「姐姐，我既然叫你姐姐，你就得讓著我，你就得照顧我。」

葉青虹含淚道：「你這根本就是要賴上我了。」

蘭喜妹道：「其實人活在世上就要遵從自己的本心，雖然未必可以過得最好，可至少不會太壞。」

第七章

# 生命的延續

羅獵感謝的不是上天，而是亡妻喜妹，
正是她的堅持，他們才擁有這個寶貝女兒，
蘭喜妹擔心失去自己的日子，羅獵無法支撐下去，
小彩虹是她生命的延續，是他們的希望所在，
也只有這個女兒才能讓羅獵重新振作、堅持下去。

「爸爸！媽媽去哪兒了？」

「媽媽啊，她去了一個很美很美的地方。」

「媽媽為什麼不帶我們一起去？」

「因為你還沒長大啊，等你長大了，就會知道媽媽去了什麼地方。」

「爸爸，媽媽會回來嗎？我想她了。」

「會啊，媽媽每天晚上都會回來，可每次你總是睡著了。」

「那……那我以後每天晚上都不睡了，那樣我就可以每天都看到媽媽了。」

臘月的蒼白山白雪皚皚，蒼蒼莽莽的雪松林中，一位男子抱著一個裹得如同小棉球一樣的女孩深一腳淺一腳地走著，貂皮帽遮住了他大半張面龐，只露出一雙眼睛，他的目光格外堅毅。

女孩也像父親一樣只露出了眼睛，烏溜溜圓滾滾：「爸爸，我們為什麼要來這裡呀？」

「因為這裡是爸爸和媽媽第一次認識的地方。」

「爸爸，媽媽……她會不會永遠都不回來了？」

「誰說的？」

「媽媽！」

男人停下了腳步，用力抱緊了女兒，雖然沒有下雪，可風大了許多，蒼白山，這留有他太多記憶的地方。

蓬！回憶被槍聲打斷，他愣了一下，迅速將女兒用捆帶縛在懷中。

蓬！又是一聲槍響，一隻被射殺的鳥兒從空中直墜而下，落在前方一百米左右的地方。

男人掩住了女兒的耳朵，女兒道：「鞭炮！」

男人笑道：「彩虹真聰明，是鞭炮！」他的目光卻警惕地投向獵物落下的地方，很快就看到一個衣著臃腫的人從雪松林中步履維艱地走了出來，剛才的兩槍是她所發，她這是要去撿起自己的獵物。

獵人在躬身要去撿起獵物的時候，留意到了遠方的父女，她放棄了獵物，站直了身子。

男子攤開雙手，向她表示自己並無敵意。

獵人摘下了皮帽，拉開了蒙住半邊面孔的圍巾，她的臉被凍得通紅，可是一雙美眸仍然擁有著春水般的明澈，她用力咬著一口整齊而潔白的牙齒，微微向右上方倔強地抬起頭。

男子瞪大了雙眼，這樣的重逢顯然不在他的預料之內。

獵人用力吸了一下鼻翼，用被冷空氣凍得有些沙啞的聲音道：「羅獵嗎？」男子沒有說話，大步走向那名獵人，獵人的心跳因他的接近而加劇跳動著，如果說此前她一度猶豫過，可當重逢這一刻真正到來的時候，她終於明白，自己沉寂三年的生命終於重新燃燒了起來。

羅獵在葉青虹的面前停下腳步，他曾經想過有些人總有相逢的機會，曾經滄海的他完全可以用坦然的心態面對任何人任何事，只是他沒有想過，會在這白雪皚皚的山野中偶遇。在他的印象中，注重儀表的葉青虹從未有過如此接地氣的裝扮，他看得出葉青虹正在強裝鎮定。

小女孩用帶著手套的小手拍打了一下父親的胸膛：「爸爸，是媽媽嗎？」堅強如羅獵鼻子突然一酸，他險些落下淚來，而葉青虹已經流淚，她不知自己因何感情會變得如此脆弱，可當她聽到彩虹說出這句話的剎那，心中湧現出一種難以名狀的想法，她想要竭盡自己所能去呵護這個小姑娘。

羅獵不知怎樣去回應女兒。

葉青虹道：「你女兒？」

羅獵點了點頭，解開身上的縛帶，將女兒放了下來，穿得像棉球一樣的彩虹牽著爸爸的手，站在雪地裡，抬起頭好奇地望著眼前的獵人，她才看到對方是一位美麗的阿姨。

葉青虹蹲下去，露出一個溫暖而燦爛的笑容：「小彩虹，你不認得我啊？」

彩虹望著葉青虹：「阿姨，你不是媽媽，你認得我媽媽嗎？」

葉青虹點了點頭：「你的媽媽是我的妹妹。」

羅獵從葉青虹準確無誤地叫出女兒名字的時候已經意識到了什麼，他輕輕撫摸了一下女兒的頭頂：「彩虹，她是你青虹阿姨，叫阿姨。」

「阿姨！」

「噯！」葉青虹抱住小彩虹，淚水止不住地流下。

雪松林中有一間廢棄的木屋，這幾個月，羅獵父女一直就住在這裡，羅獵很快就將爐火點了起來，很快木屋內就變得溫暖如春，葉青虹幫著小彩虹脫掉厚重的外套，又脫掉了靴子，幫她揉搓著被凍涼的小腳。

羅獵向爐膛內添著木材，留給她的只是一個寬闊堅實的背影。

「找到這裡很不容易吧？」羅獵的聲音平靜如水，比起過去他將自身的感情掩飾得更加嚴密。

葉青虹道：「也不算難。」

羅獵知道不是偶遇，就算世上真有冥冥註定的事情，葉青虹也不可能在這漫天飛雪的山野中準確無誤地找到他們父女，除非……

葉青虹指了指自己隨身的行囊道：「裡面有奶粉，你沖一些，給彩虹喝。」她的話很自然，就像一個妻子指使著她的丈夫。

羅獵默默走了過去，拉開葉青虹的行囊，很快就意識到她做足了準備。

羅獵沖好了奶粉，試好水溫，裝在奶瓶裡遞給了葉青虹，葉青虹熟練地將奶瓶塞到了彩虹的嘴裡，羅獵從她懷抱小彩虹和餵奶的動作已經看出，葉青虹很有經驗，難道……

小彩虹已經累了，躺在葉青虹的懷裡感到久違的溫暖和安全，那瓶奶就快吃完的時候，她已經睡著了，羅獵試圖從葉青虹懷裡接過孩子，葉青虹卻搖了搖頭，示意羅獵不要驚醒了她。

等小彩虹睡熟了，她方才抱起孩子躡手躡腳地來到床邊想將她放下，可放下孩子，小彩虹的手仍然牢牢抓著她的手臂，夢囈道：「媽媽……別離開我……」

葉青虹的眼圈紅了，她聽到身後傳來房門關閉的聲音。

羅獵坐在木屋前的平台上，外面又下起了雪，雪讓整個世界變得單純，卻讓景物變得模糊，當外界的景物模糊的時候，往往記憶會開始清晰，羅獵從懷中取出一支煙，這是他自己手工製作的煙捲兒，摸出火柴，因為有些受潮接連打了幾下都沒有點燃。

此時葉青虹出門來到他的身邊，掏出火機，躍動的火苗送到了羅獵的面前。羅獵嘴裡的捲煙顫動了一下，然後他湊了過去，對著火苗將煙點燃。

空氣中傳來一股辛辣煙草的味道，葉青虹判斷出這應該是地產的土煙，她在羅獵身邊坐下，輕聲道：「彩虹睡著了。」

羅獵點了點頭，用力抽了口煙，卻不慎被嗆著了，他咳嗽了起來。

葉青虹伸出手從他的嘴唇上奪過那支煙，然後學著他的樣子抽了一口。

羅獵的目光始終望著遠方的雪松林，低聲道：「其實你不該來！」

葉青虹又抽了口煙，沒有說話。

羅獵道：「她找過你？」

葉青虹點了點頭。

羅獵道：「你應該明白，我的心裡不可能再有其他人的位置。」因為擔心這句話會傷害到葉青虹的自尊，他的目光落在葉青虹的臉上。

葉青虹的反應出奇的平靜，並非偽裝，她的內心和表情一樣，纖長的手指撚起那半支煙，美眸盯著做工粗劣的土煙道：「因為你曾經的一句話我戒煙了，就算我不戒煙，這樣的煙草我過去看都不會看上一眼。」

羅獵知道她說的是實話，葉青虹向來是個生活得極其精緻的人，她能夠在這樣嚴寒冷酷的季節鑽到這深山老林，不知吃了多少苦，究竟是怎樣的動力才促使她這樣做。

葉青虹道：「你的半支煙卻讓我很享受，別笑我啊，我真的感覺很踏實。」

羅獵道：「四個月前，我們在姑蘇的時候，她曾經出去了一天。」

葉青虹點了點頭道：「我們就是在那天相見。」

羅獵伸出手，向葉青虹要回了那半支煙，抽了一口，感覺這支煙多了幾分淡淡的唇香。羅獵道：「無論你答應過她什麼，現在都可以別放在心上，她這一生都在為我著想，卻忽略了他人的感受。」

葉青虹道：「我佩服她！」

羅獵用力抽了一口煙：「你和她都是非常執著的人，可能和你們擁有著共同的血緣有關。」

葉青虹點了點頭。

羅獵道：「記不記得我們上次在黃浦的時候，她囚禁了你。」

葉青虹道：「當然記得，你救了我。」

羅獵道：「我雖不知她對你說過什麼，可是我能斷定，她仍然想囚禁你。」

葉青虹道：「在你的眼中，我始終都是一個被人愚弄的傻丫頭？」

羅獵沒那麼想過，可是他卻知道葉青虹想做什麼。

葉青虹道：「你們畢竟擁有過幸福的三年，你知不知道我這三年過的是什麼日子？我來這裡，不是為了安慰誰，也不是為了什麼承諾，而是因為我如果不這樣做，我根本不可能過得更好，羅獵，無論你怎麼看我，無論你喜不喜歡我，我都會喜歡你，過去我放不下自己的驕傲，所以我始終落在後面。她沒有勸我什麼，我也沒有對她承諾任何事，只是她讓我明白，愛的真正意義。」

羅獵將剩下的煙蒂摁滅，對葉青虹情真意切的這番話他並沒有任何的反應：「我想你會失望。」

葉青虹道：「我沒打算讓你離不開我。」停頓了一下她道：「但是我會讓彩虹離不開我。」

羅獵真正見識到了葉青虹的執著，而在接下來的日子，她也兌現著自己的話，兩歲的小彩虹自然沒有父親的堅強，她幼小的心靈需要有人呵護，有人關愛，而無論羅獵怎樣努力，有些事情是他做不到的。

小彩虹的臉上有了越來越多的笑容，她和葉青虹越來越親近，親近到連羅獵這個做父親的都有些吃醋了，畢竟是剛剛兩歲的孩子，有些記憶她會慢慢遺忘，羅獵希望她遺忘，可又害怕她遺忘。

這對他們來說是一個難忘的冬天，有了葉青虹，羅獵可以每天放心地出門，出門之前葉青虹會早早地起來為他準備早飯，羅獵出門之後，她會寸步不離地陪著小彩虹。當羅獵帶著獵物和乾柴回來的時候，葉青虹已經準備好了晚餐，像一位普通妻子一樣牽著小彩虹的手，在窗前等候他的回歸。

羅獵知道小彩虹已經離不開她了。

今天是大年夜，羅獵回來得卻有些晚，晚上九點，他才背著一頭麅子披著滿身的風雪回來，遠遠看到木屋內橘黃色的燈光，羅獵的內心就不覺變得溫暖了起來，無論他承認與否，葉青虹都已經成為了他們父女生活中不可或缺的一部分。

門前堆著三個雪人，從雪人的輪廓可以看出是兩大一小，羅獵經過雪人前方的時候，不由得會心一笑，木屋的屋簷下掛了一串用紙剪的紅燈籠，羅獵悄悄來到門前，聽到裡面傳來女兒奶聲奶氣的聲音：「虹媽媽，爸爸怎麼還沒回來？」

隨後響起葉青虹溫柔的聲音道：「就快了，今天是大年夜，除夕！爸爸一定會回來陪我們吃團圓飯。」

小彩虹道：「虹媽媽，團圓飯是什麼？」

「團圓飯就是一家人齊齊整整地在一起，團圓、吃飯。」

小彩虹道：「媽媽會不會回來？」這段時間她已經很少提起母親。

羅獵原本打算推開房門的手停在了中途，木屋內也沉默了下去。

葉青虹道：「媽媽其實每天都在看著我們，她永遠永遠都和我們在一起。」

小彩虹道：「可我總見不到她，是不是媽媽不要我了？」

「傻孩子，這個世界上最疼愛你的人就是媽媽，可媽媽有很重要的事情去做，她也不想離開小彩虹。」葉青虹心酸難奈，卻要強作歡顏，她不可以讓小彩虹幼小的心靈受傷。

小彩虹道：「虹媽媽，是不是媽媽讓你來照顧我的？」

「嗯，是啊！等媽媽回來，虹媽媽就走。」

「我不要你走，我要和媽媽、虹媽媽、爸爸永遠永遠在一起。」

葉青虹心中一暖，將小彩虹抱在懷中。

羅獵敲了敲門，裹著風雪走了進來。

葉青虹知道他剛才一定在門外聽到了他們的對話，不由得俏臉發熱，她起身道：「怎麼才回來啊，孩子都等了你一天了。」

羅獵笑了笑：「小彩虹，猜猜爸爸給你帶什麼回來了？」

小彩虹烏溜溜的大眼睛眨啊眨啊，羅獵的手從背後拿了出來，他的手中卻是一個木雕的娃娃，小彩虹咯咯笑了起來，接了過去，很是喜歡，抱著父親的脖子，在他臉上狠狠親了一口，卻被他臉上的鬍子扎到了，捂著小嘴道：「爸爸的鬍子好扎。」

葉青虹嗔怪地望著羅獵：「我去炒菜。」早已做好的菜已經涼了。

羅獵應了一聲，小彩虹拿著娃娃去一邊玩了。

羅獵來到葉青虹身邊，從衣袋中取出一支黃楊木的髮簪。

葉青虹咬了咬櫻唇，小聲道：「給我的？」

羅獵道：「不值什麼錢。」

葉青虹卻如獲至寶般奪了過去，轉身熟練地挽起秀髮，然後插入髮簪。

望著葉青虹熟練地炒菜做飯，羅獵心中生出難言的感慨，換成這次重逢之前，他怎麼都不會相信像葉青虹這樣的大小姐居然可以洗去鉛華，安心家務，扮演一個賢妻良母的角色，更難得的是她對小彩虹擁有著超人一等的耐心。

在葉青虹堅持留下的時候，羅獵認為她很難適應這樣的角色，可葉青虹的表現卻讓他吃驚。

葉青虹知道羅獵仍然站在自己的身後，輕聲道：「去，把涼菜擺在桌上，待會兒，我們喝幾杯啊。」

羅獵應了一聲，想起外面還未拿進來的獵物：「對了，我去把麅子拿進來化凍，好留著明兒過年。」

葉青虹笑道：「哪裡吃得了那麼多，你打了不少獵物，已經足夠豐盛了，先在外面凍著吧，明兒我弄。」

羅獵應了一聲，去準備好的熱水中洗了洗手，將菜擺在小桌上。

小彩虹和木娃娃玩得開心，不時發出咯咯的笑聲。

葉青虹很快就將燉好的野豬肉和山雞上桌，雖然是在山裡，可憑著羅獵的本事，打獵並不難。

羅獵留意到葉青虹擺了四副碗筷，倒酒時，也倒了三杯，睿智如羅獵，當然知道多出的那副碗筷為誰準備的，葉青虹道：「當家的，你說話啊。」

羅獵道：「說什麼？」

小彩虹道：「恭喜發財！」

葉青虹笑道：「乖，我們女兒最乖，最聰明！」她將早已準備好的紅包塞在小彩虹的罩衣口袋裡：「這叫壓歲錢！」

「壓歲錢！」小彩虹重複道。

葉青虹小心地將雞腿去骨放在她的碗裡。

羅獵看在眼裡，心中蕩漾著感動和溫馨，他清了清嗓子道：「既然你讓我，那我就說兩句，首先啊，我們要感謝這片家鄉的土地，靠山吃山靠水吃水，沒有這片土地，我們就無法吃飽穿暖，就沒辦法團團圓圓過個年，所以我們要熱愛自己的家鄉，期盼家鄉風調雨順，這樣咱們才能安居樂業。」

葉青虹笑了起來：「說得挺好，不知道的人還以為你是大總統呢。」

小彩虹跟著笑。

羅獵端起酒杯，跟葉青虹碰了碰，他們一起乾了這一杯。

羅獵又道：「然後啊，我要感謝上天給了我一個這麼可愛的女兒，如果沒有她，我的生活將會變得一團糟，不會有那麼多的歡聲笑語，不會有那麼多的希望。」他感謝的不是上天，而是亡妻喜妹，正是她的堅持，他們才擁有了這個寶貝女兒，蘭喜妹絕不僅僅是要留下他們愛情結晶那麼簡單，而是她擔心失去自己的日子，羅獵無法支撐下去，小彩虹是她生命的延續，是他們的希望所在，也只有這個女兒才能讓羅獵重新振作，才能讓羅獵堅持下去。

葉青虹端起酒杯喝了，又將身邊的那杯酒悄悄灑落在地上，然後添滿。她坐在小彩虹的身邊，和羅獵空出一段距離，葉青虹為空杯斟酒的時候，彷彿看到蘭喜妹又回到了這裡，她心中默默道：「喜妹，若是你在天有靈，應該看到我沒有辜負你，我盡力了。」

羅獵的目光落在葉青虹臉上，這段時間改變的不僅是自己，他端起酒杯道：「這杯酒我敬給虹媽媽和她的小彩虹，如果不是虹媽媽對小彩虹的照顧，我就沒有時間去打獵，我不去打獵，咱們就要餓肚子，所以最大的功臣還是虹媽媽。」

小彩虹道：「我也敬虹媽媽。」

葉青虹望著小彩虹真摯單純的笑臉，忽然覺得自己這段時間的付出都是值得的，她的眼圈紅了，端起酒杯一飲而盡。

外面忽然傳來一連串急促的槍響，小彩虹道：「炮，鞭炮！」

羅獵將酒杯放下，他們所在的地方是一座無人的山巒，因為地處偏僻，即便是土匪也少有從這裡經行，如果是打獵，槍聲不會如此密集。

羅獵起身道：「我去看看。」

葉青虹道：「等等！」她起身為羅獵去拿衣服，又取出一把手槍。

羅獵道：「不用，我帶獵槍就行，你留著防身。」

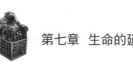

葉青虹點了點頭，低聲道：「小心啊！」

羅獵笑道：「放心吧，這一帶是我們家的地盤。」

葉青虹聽到這句話，差點落下淚來，她點了點頭道：「快點回來，我們娘倆等著你。」

羅獵點了點頭，躬下身子摸了摸小彩蝶吹彈可破的臉蛋道：「讓虹媽媽帶你早點睡，我出去看看誰在放炮。」

交火聲仍然在雪松林中持續，羅獵尋找了一個便於隱蔽適合觀察的地方停下，在這裡，他可以兼顧木屋那邊的情況，雖然葉青虹身手不弱，但是他絕不容有任何閃失的出現。

兩道身影從密林中向羅獵所在的方向沒命逃竄，後方有十多人窮追不捨。

「蓬！」逃跑的兩人中有一人又中了槍，摔倒在了雪地上，另外那人意識到同伴中槍之後，轉身將他從地上拖了起來，拽著他躲在了一棵雪松之後。

突！突！突……密集的子彈掃射過來，那兩人相擁在一起躲在雪松後，子彈將樹皮射得四處紛飛，壓制得他們根本就抬不起頭來，更不用說逃跑。

追擊的那些人分散開來，準備包圍兩名逃亡者，遠處一人大聲道：「岳廣清，你逃不了了，給我滾出來。」

羅獵聞聲一怔，從對方的喊話中能夠推斷出，逃亡者其中之一是狼牙寨的岳廣清，這岳廣清乃是狼牙寨的七當家，有遁地青龍之稱。聽到岳廣清的名字，羅獵不由得想起了亡妻蘭喜妹，蘭喜妹生前曾經是狼牙寨的八當家，他和蘭喜妹最初相識就是在凌天堡，羅獵不由得陷入對往事的追憶之中。

岳廣清大聲道：「呂長根，你逼人太甚，難道忘了你我結義之情了。」

羅獵暗忖，難怪聲音聽起來如此熟悉，原來喊話之人是狼牙寨的六當家綠頭蒼蠅呂長根，其實他現在所住的地方距離凌天堡尚有百里的距離，在這裡居住的幾個月期間，羅獵並未見過狼牙寨的人馬來此，想不到終究還是在大年夜遇上。

呂長根道：「岳廣清，你居然勾結蘭喜妹那個賤人吃裡扒外，出賣大當家的利益。識相的給我出來，乖乖跟我回去向大當家磕頭認罪。」

羅獵聽到這裡，不由得心頭火起，他才不管雙方誰是誰非，呂長根竟然敢侮辱他的亡妻，是可忍孰不可忍，今夜這雪松林就是他呂長根的埋骨之地。

岳廣清道：「什麼大當家，他只是日本人豢養的一條狗罷了！」

呂長根聞言大怒，命令開槍，十幾人同時開火，一時間子彈在雪松林中織起了一道火力網。

岳廣清聽到這密集的槍聲，已經知道今天萬難逃出對方的追殺，他黯然歎了口氣，向身邊女子道：「婉君，你走吧，別管我。」

那叫婉君的女子用力搖了搖頭道：「不，要死就死在一起。」

咻！一聲輕嘯向追兵陣營中傳去，這聲音被風雪聲和密集的槍聲所掩蓋，這是一道宛如流星般璀璨的刀光，刀光以驚人的速度穿行在開火的人群之中，所到之處，頓時切開了對方的咽喉。

呂長根看到身邊部下一個個倒在了雪地上，還以為見了鬼，他駭然大叫道：「誰？誰？誰啊？」

有人在身後輕輕拍了拍他的肩膀，呂長根反應迅速，馬上舉槍向後方射擊，卻被對方抓住了手腕，搶下了手槍。照著他的面孔就是狠狠一拳，呂長根被打得飛了出去，重重跌倒在雪地上。

他看到一個高大挺拔的身影出現在自己的面前，呂長根嚇得身體向後挪動著：「你……你是誰？我是狼牙寨的呂……」他的話還沒有說完，對方的槍口已經瞄準了他的頭顱，蓬！就是一槍，呂長根的身體猛地仰倒在雪地上。

岳廣清和婉君兩人才知道有人出手救了他們，兩人驚魂未定地從雪松後探出頭來，望著已經倒伏一地的屍體。

一個聲音在他們的前方響起：「趁著追兵沒來之前，快走！」

岳廣清點了點頭，婉君攙扶著他向前方逃去，走了幾步，腳下一軟，岳廣清噗通一聲栽倒在地，連累得婉君跟他一起摔到。岳廣清在剛才的逃亡中中了槍，以他現在的狀況根本無力走遠。婉君哭著哀求道：「恩公，求您救救他吧。」

羅獵暗自歎了口氣，走過去，他將已經昏迷的岳廣清背在肩頭。

這是一個不平靜的除夕之夜，葉青虹哄小彩虹睡了，她聽到外面的動靜，也知道羅獵已經回來，不過應當不是一個人回來。葉青虹沒有離開，抓起手槍守在小彩虹的身邊，望著她安祥幸福的小臉，葉青虹心中充滿了愛憐，環視這間溫暖的小木屋，她忽然有種預感，屬於他們三人這樣的平靜日子已經到了盡頭。

羅獵從外面敲了敲門，葉青虹聽到他的聲音才起身去開了門，關切道：「你沒事吧？」

羅獵搖了搖頭道：「沒事，我救了兩個人。」

葉青虹道：「人呢？」

羅獵道：「我將他們暫時安置在外面柴房，我估計很快就會有人找來。」

葉青虹點點頭：「我這就去收拾。」兩人之間不知不覺中已變得非常默契。

羅獵拿了醫藥包轉身出去。

岳廣清在柴房中再次醒來，看到滿面鬍鬚的羅獵，他愕然道：「你是……」

羅獵將一根木棍遞給他，示意他咬在嘴裡，然後將消毒後的小刀刺入岳廣清的傷口，岳廣清痛得悶哼了一聲，咬緊了木棍，婉君關切地抓緊了他的手臂，還好羅獵的刀法準確而有效，很快就將彈頭挑了出來。岳廣清的身上一共有三處槍傷，還好都不是要害。羅獵幫他將彈頭全都挑出來之後，又給他上了傷藥。

因為沒有麻藥，岳廣清也是痛得死去活來，不過他終究還是忍了過來，羅獵為他包紮好之後，岳廣清整個人如同虛脫一樣，躺倒在柴堆之上。

婉君在空地上升起一堆火。

羅獵道：「我女兒在睡覺，我擔心你的樣子嚇到了她。」

岳廣清點了點頭，他虛弱道：「你能救我，我已經感激不盡了。」

羅獵道：「此地不宜久留，你們稍事休息之後，還是儘早離去。」

岳廣清道：「你是羅獵！」雖然羅獵多了一臉的絡腮鬍子，可岳廣清仍然認出了他。

羅獵道：「你認錯人了。」

岳廣清道：「有沒有蘭喜妹的消息？」

已經轉過身去的羅獵停下了腳步，緩緩搖了搖頭。

岳廣清道：「謝謝！」

羅獵已經走了出去，反手掩上了柴房的門，他看到葉青虹就站在木屋門前等著，羅獵大步走了過去，葉青虹迎上前抓住他的手臂道：「咱們什麼時候走？」

羅獵抬起手腕看了看時間：「天亮以後吧，雪下得很大，我看他們一時半會找不到這裡。」

一陣冷風吹過，葉青虹禁不住打了個噴嚏，羅獵展開臂膀，攬住她的肩頭道：「進去說話。」

回到木屋之中，羅獵脫下帽子，先看了看床上熟睡的女兒，又向葉青虹道：「你去睡吧，我守著，不會有什麼問題。」

葉青虹走過去，吹滅了燭光，來到床邊坐下，小聲道：「今天是除夕，按照老規矩不是守歲嗎？我陪著你。」

羅獵透過門縫向外面看了看道：「明兒還要趕路，你歇著吧，別太累了。」

黑暗中葉青虹走過來牽住了他的手，羅獵的身軀顫抖了一下，他沒有拒絕，葉青虹牽著他的手來到床邊坐下，依偎在他的肩頭。

兩人都沒有說話，在黑暗中沉默良久，葉青虹率先打破了沉默：「你會讓我離開嗎？」

羅獵沒有說話，牽著葉青虹的手，放在女兒的小手上，葉青虹明白他的意思，她小聲道：「就算你讓我走，我也不會走。」

羅獵道：「小彩虹喜歡你。」

「你呢？」

羅獵再度陷入沉默之中。

葉青虹有些後悔自己剛才的問題，有些時候不可太過苛求了，羅獵需要時間，她會等，哪怕為此等上一生一世。

羅獵道：「我想過死，可是……我不能……」

葉青虹伸出手去，在黑暗中撫摸羅獵的面龐，卻不小心觸及到他的眼淚，葉青虹伸出手臂，摟住羅獵瘦削不少的肩膀，讓他將頭埋在自己的懷裡，為他顫慄的內心尋找一個寧靜的港灣。

## 第八章

# 路是自己選的

想起羅獵六年之後的約定，葉青虹難過了起來，
雖然她現在和羅獵父女相守，可六年之後，他仍將選擇離開。
路是自己選的，葉青虹不後悔，只是難過為何不能讓羅獵留下？
如果自己在他心中足夠重要，他會不會選擇背叛對風九青的承諾？

清晨羅獵去柴房時，岳廣清兩人已走了，柴房內的地上用木炭寫了一行字，此恩必報！雪仍然在下，大雪掩蓋了林中的屍體，也掩蓋了許許多多的蹤跡。

雖然知道狼牙寨的人不可能那麼快追過來，羅獵卻不敢掉以輕心，他和葉青虹背上行李，帶上女兒，離開了這座曾經承載了他們痛苦和歡樂的小木屋。

在積雪中躑躅行進了三個小時，就到了適合滑雪的地方，羅獵和葉青虹都是滑雪的好手，他們撐起滑雪板，從山坡上一路俯衝而下。

葉青虹剛離開時心中充滿失落，可當她看到懷中的小彩虹，再看到伴隨身邊的羅獵，心中的那點兒失落頓時一掃而光，只要他們在一起，到哪裡都是家。

張長弓每年春節都會來到蒼白山過年，這裡是他的故鄉，也是母親墳塚的所在，鐵娃每次都跟著過來，只是他們的家鄉早已變成了一片焦土，因為蒼白山連年土匪混戰，山裡的村子基本上都被搶掠一空，老百姓實在沒了活路，一個個紛紛出山，目前距離蒼白山最近的村子就在牛頭嶺馬家屯。

馬家屯倒是有家客棧，可因為過年的緣故，少有人會來投宿，張長弓和鐵娃近幾年都會過來，諾大的客棧，現如今除了他們兩個也沒有其他客人。

大年初二，張長弓和鐵娃兩人已經準備離開了，每次來到這裡總會產生一些傷感，他們不由得會想起已經離去的親人，和突然不見的朋友。

客棧的老闆今天陪著婆娘回了娘家，店裡只剩下一個負責燒火看店的老頭，張長弓和鐵娃收拾好了東西，一早準備離開的時候，偏偏又下起了大雪，這樣的大雪天頂著風雪趕路顯然是不明智的事情。兩人打消了儘早離開的念頭，鐵娃想出門打幾隻鳥兒解饞，剛一出門，就看到頂著風雪向天福客棧走來的兩道身影。

這樣的天氣，每個人都把自己裹得嚴嚴實實，鐵娃看不清對方是誰，遠遠聽到一個女聲道：「前面就是天福客棧了。」

這口音絕不是當地人，按照鐵娃的說法，這聲音帶著一股洋氣，向來耳力超群的他幾乎在第一時間就判斷出來的人他可能認識，而且很可能是葉青虹。

葉青虹並沒有認出那站在門外鐵塔般的漢子就是鐵娃，她向鐵娃揮了揮手道：「掌櫃的，還有房嗎？」

鐵娃愣在那裡，他敢確定來人就是葉青虹，突然鐵娃摘下了自己厚厚的皮帽子，大叫道：「是我！是我！我是鐵娃！」悶雷般的聲音把小彩虹給驚醒了，她瞪大了一雙烏溜溜的大眼睛。

羅獵此時也摘下了自己的帽子。

鐵娃看到羅獵，他先是張大了嘴巴，然後黃豆大的淚珠啪嗒啪嗒滾落了下去，他轉身朝著裡面就跑，因為跑得太急，腳下一滑，重重摔了一跤，一邊哭一邊大喊著：「師父……師父啊……我叔回來了……是我叔……」

張長弓剛剛端起茶杯湊到嘴邊，聽到鐵娃的哭喊聲，手一滑，茶杯落在地上噹啷一聲摔了個粉碎，他不顧一切地向門外衝去，卻忘了開門，魁梧的身軀重重撞在門板上，他絲毫不顧被撞疼了的腦袋，雙手拉開大門。看到鐵娃剛剛從雪地上爬起，滿臉都是淚水指著身後。

張長弓跑了兩步，然後停了下來，一邊走，一邊搖頭。

羅獵手中的行囊扔在了地上，他的雙目也濕潤了。兩位故友彼此相望著，張長弓伸出拳頭，本想在他肩頭狠狠給上一拳，可中途又改了主意，輕輕為羅獵拂去肩頭的雪花，輕聲道：「回來了真好！」

「張大哥！」葉青虹道，她的內心充滿著喜悅，她知道羅獵沒有忘記這些朋友，而這些朋友更不會忘記他。

張長弓答應了一聲，看到葉青虹懷中的小彩虹，他看了看羅獵又看了看葉青虹，因為他聽說過葉青虹歸國不久的事情，這女孩兒不可能是她的女兒。

羅獵笑道：「我們的女兒，小彩虹。」

葉青虹因羅獵的話而溫暖著，她的付出沒有白費，衝著羅獵這一句話，她甘心將自己以後的生命完全交給他們的女兒，他們的家。

張長弓欣喜地望著小彩虹：「好精緻的女娃兒。」

葉青虹道：「小彩虹，這是你張伯伯。」

小彩虹怯生生道：「張伯伯！」

羅獵笑道：「爸爸給你提起過，一個人赤手空拳打得贏大老虎的那個。」

小彩虹的雙目灼灼生光。

鐵娃抹著眼淚湊了上來：「我是你鐵娃哥。」

想不到小彩虹看到他又黑又壯的樣子，居然哇地一聲哭了起來。

張長弓氣得要捶他，羅獵笑道：「小孩子認生，等熟悉了就好。」

張長弓道：「快屋裡坐，千萬別忘凍壞了孩子，鐵娃，你愣著幹什麼？去，村裡給我找找，弄頭豬過來，咱們殺豬過年。」

「噯！」鐵娃樂呵呵答應了。

羅獵笑道：「搞那麼大動靜做什麼？鐵娃隨便弄點吃的就行。」

張長弓上前幫忙拎起行李：「屋裡暖和，羅獵，今天我們必須要喝個夠。」

葉青虹給小彩虹餵了奶粉，哄她睡著，然後才來到外面，看到鐵娃這會兒功夫居然真弄到了一口大肥豬，已經殺了，正在院子裡燒水刮毛，鐵娃向葉青虹笑道：「葉小姐，外面冷，您不進屋歇著？」

葉青虹道：「要不要那麼誇張啊，那麼大一頭豬，吃得了嗎？」

鐵娃道：「我師父說了，咱們吃一些，給馬家屯的鄉親們分一些。」

葉青虹道：「待會兒我下廚做菜。」

鐵娃將信將疑道：「葉小姐，您可是千金大小姐，你會嗎？」

葉青虹瞪了他一眼道：「你小瞧我啊？」

鐵娃笑道：「誰敢小瞧您吶，我們這麼多人，那麼多年到處都找不到我羅叔，您葉小姐一出馬，就把他給找到了。」

葉青虹道：「你這孩子，幾年沒見，不但個子見長，嘴巴也變得厲害了。」

鐵娃道：「我是實話實說。」

張長弓和羅獵兩人在炕上坐著，張長弓打量著羅獵，一臉的絡腮鬍子看著比自己還要粗獷，這位老友瘦了許多，自從在瞎子外婆葬禮上見面，直到今日方才相逢，張長弓知道羅獵這些年一定發生了許多事，他想問卻又不知從何問起。

張長弓道：「幾個月前，瞎子寫了封信給我，我才知道葉青虹回國了，當時我就在想，她回來一定是為了找你。」

羅獵道：「喜妹模仿我的筆跡給她寫了信，約她回國見面。」

張長弓點了點頭：「怎麼沒見她？」他對蘭喜妹談不上好感，可是既然羅獵選擇了她，自己就會尊重她。

羅獵道：「她走了，永遠也不會回來了。」

張長弓愣了一下，馬上就明白了羅獵這句話的含義，沉默了一會兒，低聲道：「可憐彩虹這孩子。」

羅獵微笑道：「她還小，我希望她能夠很快忘記……」羅獵的心底是極其矛盾的，他希望女兒忘記，可又不希望她忘記，如果女兒將母親遺忘，那麼妻子在天之靈會不會感到遺憾。

張長弓道：「還好有葉青虹。」

羅獵感激葉青虹，更感激妻子的苦心，他們從結婚的那天起，就已經知道他們的幸福是短暫的，縱然自己答應了風九青的要求，風九青傾盡全力也只能賦予蘭喜妹三年的生命。

這才是羅獵決定遠離人群銷聲匿跡的原因，這三年他們的每一天都是幸福快樂的，他帶著蘭喜妹走遍了她想去的每一個地方，遠離紛爭，遠離喧囂，這三年他們還擁有了愛情的結晶。蘭喜妹用生命詮釋了對他無私的愛，然而在她生命即將終結之前，她卻又瞞著自己做了一件極其殘忍的事情。

羅獵沒有想到葉青虹會以這樣的方式回歸，而且沒有抱怨，沒有委屈，自己何德何能，可以讓她們如此對待自己，最難消受美人恩。

羅獵道：「張大哥，我只想平平靜靜的生活。」

張長弓點了點頭道：「我同意，不過你能不能先把鬍子給刮了？」

熱騰騰的毛巾敷在臉上，燙得有些疼，葉青虹取下毛巾，抽出一把鋒利的剃刀，在羅獵的眼前晃了晃：「你怕不怕？」

羅獵道：「我這樣的人，還有什麼好怕？」

葉青虹道：「我怕！」

羅獵道：「怕什麼？」

葉青虹道：「怕傷到你，怕你不要我。」

羅獵閉上了眼睛：「再不動手，就來不及了。」

刮淨鬍子的羅獵精神了許多，不過小彩虹卻有些不認識這突然變得年輕不少的父親，盯著羅獵看了好長時間，方才笑道：「爸爸鬍子沒了！」

羅獵抱起女兒道：「喜不喜歡？」

小彩虹不停點頭：「不怕爸爸扎我了。」

羅獵笑道：「小丫頭，一樣可以扎你的。」他作勢去扎女兒，小彩虹道：

「虹媽媽，虹媽媽。」

葉青虹聽到女兒的求助趕緊走了過來，伸手抱過小彩虹道：「你啊，別嚇著女兒了。」

羅獵笑道：「怎會嚇著她，她膽子大得很呢。」小彩虹伸手摟住他的脖子，又伸手摟住葉青虹的脖子，用力把他們兩人的面孔往一塊湊，咯咯笑道：「爸爸扎虹媽媽。」

羅獵和葉青虹的臉都紅了起來，他們重逢之後，還從未如此親密地接觸過，葉青虹佯怒道：「你這小鬼頭，恩將仇報啊。」

羅獵笑道：「我就說她鬼得很。」

此時鐵娃過來敲門，喊他們過去吃飯。

小炕桌上擺得滿滿的，今天的晚餐格外豐盛。

幾人連乾了幾杯酒，葉青虹多數時間都在餵孩子，根本顧不上吃，張長弓看在眼裡，心中暗讚，過去葉青虹在他的印象中是清高孤傲的大小姐，想不到她居然這麼快可以適應一個母親的角色，而且小彩虹還不是她的親生女兒。

張長弓和羅獵多數時間都在談論其他人的事情，比如阿諾和瑪莎去了歐洲，又比如陸威霖和百惠去了南洋，兩人反倒很少提及自己的事情。

小彩虹吃飽了之後，和鐵娃去門外放炮了，葉青虹此時方才有機會吃飯。

羅獵特地給她留了菜。

張長弓端起酒杯道：「葉小姐，這杯酒我得敬你，話我不多說了，都在這杯酒裡了。」

葉青虹笑道：「張大哥，您這麼叫我就是還把我當成外人嘍。」

張長弓慌忙道：「沒有，沒有，那我以後就叫你弟妹！」他也是快人快語。

葉青虹俏臉紅了起來，她偷偷看了羅獵一眼，羅獵的目光盯著酒杯，似乎他並沒有聽到張長弓的話，他又怎能沒聽到張長弓的話。葉青虹道：「張大哥還是叫我青虹吧，我又沒結婚。」

張長弓看了看葉青虹又看了看羅獵：「啊，我還以為……你們……」

葉青虹道：「我是小彩虹的虹媽媽，可我和他沒什麼關係。」在人前的時候，葉青虹仍然有著一顆要強的自尊心。

羅獵岔開話題道：「張大哥，你最近和海明珠有沒有聯繫？」

這下輪到張長弓臉紅了，他支支吾吾道：「倒是見過，不過這幾年也就是見過一次，我……也不知道她是什麼情況……」

葉青虹道：「那就是你不對了，既然喜歡人家，那就去追啊，你不追，難道還等著人家女孩子來追你？」

羅獵聽出她話裡有話，夾了口菜道：「這菜有點鹹了。」

葉青虹道：「我做的。」

羅獵馬上改口道：「好吃，好吃！」

張長弓笑了起來：「羅獵，你到底哪句是真話？」

葉青虹望著羅獵，看看他會如何解釋。

羅獵道：「都是真話，菜是鹹了，可青虹做的，鹹了也好吃。」

葉青虹吃吃笑出了聲，他這張嘴巴當真是厲害。

張長弓暗自嘆服，難怪這麼多美女追隨羅獵，他的身上的確有著超人一等的魅力，這魅力多半還是羅獵堅韌不拔的性情和一諾千金的品質所賦予。

張長弓道：「你們以後有什麼打算？」

葉青虹暗暗感激張長弓，這些話正是她想聽的，只是不好開口詢問。

羅獵道：「走一步算一步。」他的回答滴水不漏。

葉青虹道：「你們哥倆聊著，我去看看小彩虹，小孩子不能睡太晚的。」

羅獵點了點頭。

張長弓道：「哄她睡著了再過來喝幾杯。」

葉青虹笑道：「我酒量可不成，您要是真想喝啊，趕明兒去黃浦找唐寶兒，她酒量大。」

葉青虹走後，張長弓和羅獵碰了碰酒杯兩人一飲而盡，張長弓道：「我看葉青虹不錯。」

羅獵避重就輕道：「她對小彩虹很好，如果沒有她，我都不知道怎麼陪孩子走過這一段。」

張長弓道：「仁義啊，羅獵，你是我兄弟，我這當哥哥的有句話得說。」

羅獵點了點頭道：「您說！」

張長弓道：「這三年我雖然不知你經歷了什麼，可發生過的事情畢竟發生過了，離開的人已經離開了，咱們活著的人得往前看，你說是不是啊？」

羅獵道：「張大哥，您別擔心我，我挺得住。」

張長弓歎了口氣道：「我怎能不擔心你？你這個人夠堅強，可什麼事啊都喜歡自己扛著，心裡再難受，再大的委屈都不輕易和別人分擔，你知不知道，這三年，我和其他兄弟有多擔心你，牽掛你？」

羅獵給張長弓斟滿了酒，端起酒杯道：「張大哥，我對不起你們。」

張長弓道：「沒什麼對不起的，其實三年之前，在西海，你不讓我們跟著去，我就有種不祥的預感，陸威霖也說，可能你這次抱著壯士一去不復返的心思，風九青那個人不好對付的。」

羅獵默默為他添上酒。

張長弓道：「可後來你回來了，陳阿婆的葬禮上，你說你和蘭喜妹結了婚，我們雖然沒有參加你的婚禮，可是我們也都為你高興。」

羅獵道：「能夠娶到她是我這一生最大的幸運。」他的內心一陣刺痛，抓起面前的那杯酒仰首喝了下去。

張長弓道：「何嘗不是她的幸運呢？我雖然跟她不熟，可是我知道她一定會這麼想。」

羅獵還想倒酒，張長弓伸手制止了他，低聲道：「酒入愁腸愁更愁，羅獵，無論你經歷了什麼，現在都已經過去了，你張大哥沒什麼本事，可只要你一句話，就算犧牲這條性命，我也在所不辭！」

羅獵握住張長弓的手，抿了抿嘴唇道：「張大哥，為了你們，為了小彩虹，我會振作，我會好好活著。」

春天是萬物復甦的季節，一切在這樣的季節都開始變得朗潤起來。

葉青虹上次回黃浦的時候並沒有前往她重金打造的博物館，自從三年前離開黃浦，那裡的工程就已經暫停，對葉青虹而言那裡也變成了她的傷心地，她不願回去，因為那裡的一草一木都會讓她想起羅獵。

這次回到黃浦，卻是羅獵主動提出，兩人牽著女兒的手走入這座規模宏大的莊園，葉青虹在回到這裡之前已先行發電報給唐寶兒，讓她幫忙提前整理這裡。

所以當他們回到這裡的時候，看到的是花團錦簇煥然一新的景象。

小彩虹看到眼前的莊園，不由得發出驚呼：「哇！虹媽媽的家這麼大！」

葉青虹笑道：「也是小彩虹的家啊！」

小彩虹一手牽著葉青虹一手牽著羅獵，她笑道：「以後，我們一家三口就住在這裡？」

葉青虹點了點頭，目光望著羅獵，羅獵道：「只怕我的那點錢供不起這麼大的房子。」

「我養你！」

羅獵終於提出讓葉青虹帶他去外白渡橋看看，那裡是葉青虹和蘭喜妹相約見面的地方，一直以來葉青虹都在迴避這件事，她只是擔心這件事會勾起羅獵痛苦的回憶，會再次讓他陷入無盡的折磨之中。

來到橋上的時候，天空下起了細雨，羅獵帶了傘，撐起雨傘，為葉青虹擋住頭上的雨絲，卻發現葉青虹仍然戴著他在蒼白山親手為她雕刻的髮簪。

葉青虹道：「那天我特地早來了一個小時，想不到她來得比我還早，我發現我終究還是遲到了。」

羅獵停下腳步，目光投向下方的蘇州河。

葉青虹道：「無論怎樣，遲到總比不到好。」

羅獵道：「她最放心不下的人是我，所以她堅持給我生了一個女兒。」

葉青虹道：「我佩服她！」她說的是真心話，雖然她認為自己對羅獵的愛絕不比任何人少一分，可是她的驕傲束縛了自己，當她放下驕傲的時候，卻又缺少蘭喜妹那種一往無前的勇氣，她至今仍記得蘭喜妹在這裡跟她說過的一句話。

羅獵道：「她一心一意地對我，可對你是不公平的。」

葉青虹道：「開始的時候，我也這麼覺得，我認為她欺騙了我，侮辱了我，也侮辱了你對她的感情，可是當她說出一句話的時候，我忽然明白了。」她雙目含淚望著羅獵道：「她說：我很自私，活到現在我終於明白，我這輩子只為一個人活著，這個人就是羅獵！」

羅獵心如刀絞，他轉過身去，閉上雙眼，熱淚順著堅毅的面龐奔流而出。他不想葉青虹看到自己流淚，可是他知道葉青虹一定猜得到。

葉青虹緩緩走向羅獵，伸出手想去觸摸他顫抖的背脊，就快落下去的時候又猶豫地縮回手去，雨落在她的臉上，和著淚水一起流下，她扭過頭，看到橋的那端，一個身影站在雨中，朦朧的身影，朦朧的笑臉，分明就是蘭喜妹，她在微笑著，她的目光充滿了鼓勵。

「我知道你忘不了她，這麼好的女人，換成是我也忘不了，我不介意，我也想告訴你，我這一輩子只為一個人活著，這個人就是你……」葉青虹的頭抵在羅獵的後背上，她無聲啜泣著。

羅獵不再流淚，他的目光茫然，盯著蘇州河緩緩的流水，他的語速比流水還要緩慢沉重：「青虹，她應該告訴了你不少的事情，她有沒有跟你說過，我對風九青有一個承諾？」

葉青虹點了點頭。

羅獵道：「六年之後，我要回去陪她尋找九鼎，也許我永遠不會回來……」

葉青虹道：「她陪你度過了三年，我卻有機會和你一起走過六年，如果你去，我等你，我和小彩虹一起等你，你不可以拒絕我，因為照顧小彩虹是我對她的承諾，她說過，這世上不可能有人比我對女兒更好……」葉青虹已泣不成聲。

羅獵轉過身去，抓住葉青虹的雙肩，然後將她緊緊擁入懷中……

每到換季之時，瞎子的綢緞莊生意都是出奇得好，今天剛一開門就迎來了一位貴客，瞎子看著身穿一身月白絲綢長袍，頭戴白色禮帽，手拄文明棍的白雲飛，馬上笑顏逐開道：「今兒一早我就被喜鵲吵醒了，我就知道有貴客臨門，只是不知道哪位貴客，原來是白先生。」

白雲飛將墨鏡摘了下來，笑了一聲道：「少貧了，我可不是什麼貴客，瞎子，生意不錯啊。」

瞎子笑道：「還不是托您白先生的福，這法租界的青皮流氓都知道我是您的朋友，誰也不敢找我的麻煩，白先生，小店新進了不少的上等絲綢，您過過眼，挑幾匹做衣裳，就算兄弟我送給您的。」

他請白雲飛到後院的花廳坐了，親自沏了一壺上好的龍井，他也知道白雲飛素有潔癖，所以特地選了只新杯子。泡好茶，陪著白雲飛坐下，笑瞇瞇道：「白先生今兒怎麼有空到我這小店來啊？」

白雲飛道：「路過，順便找你打聽點事。」

瞎子連連點頭道：「您說！」

「要說貴客，新近咱們黃浦倒是來了一位貴客。」

瞎子道：「誰啊？您這麼一說我還真想不起來。」

白雲飛的笑容充滿了懷疑：「瞎子，誰不知道羅獵是你最好的朋友？」

瞎子愣了：「什麼？您說什麼？羅獵回來了？你沒騙我吧？」

白雲飛看到他的反應，方才意識到瞎子可能真不知情：「你不知道？」

瞎子道：「我當然不知道，我要是說半點謊話，讓我真瞎！」

白雲飛揚起手道：「得了，真不知道就算了，發什麼誓啊，都是朋友，別搞得那麼生分。」

瞎子的心裡可不好受了：「他回來了怎麼不跟我說一聲啊？這是沒把我當朋友啊！」

白雲飛道：「可能他有要緊的事情辦，也可能他有苦衷呢？」

瞎子道：「他在哪裡啊？他在什麼地方，我現在就去找他。」

白雲飛道：「我是聽說啊，就在葉青虹的府上，建博物館那地兒，我也是聽人說，消息未必準確。」他站起身來，連茶也沒喝一口：「我先走了，對了，如果你見到羅獵，幫我約一下，抽時間我請他吃飯。」

瞎子點了點頭，可白雲飛的話一句都沒聽進去，白雲飛這邊剛走，瞎子推著自己的自行車就出門，周曉蝶看他走得匆忙，追上去問道：「老公，老公，你幹什麼去啊？」

瞎子騎上自行車，擺了擺手道：「你就別管了，有事，有急事！」

葉青虹正在教小彩虹唱歌，傭人過來通報瞎子來訪的事情，葉青虹愣了一下道：「呵，他消息倒是蠻靈通的，請他進來吧。」

葉青虹讓保姆帶先去房間休息，又讓人去叫羅獵，他們抵達黃浦剛剛三天，根據羅獵的叮囑，她並沒有將此事告訴任何人，包括閨蜜唐寶兒在內，連唐寶兒給她準備的接風宴，她也一直沒有應承下來。

瞎子氣喘吁吁地進入了這富麗堂皇的客廳內。

葉青虹起身道：「安翟，你這是打哪兒來啊？至於急成這個樣子？」

瞎子想說話，卻還沒有調整好氣息，雙手扶著腰道：「你……」

葉青虹道：「坐，天大的事兒先坐下來再說，吳媽，給客人倒茶。」

瞎子喘著粗氣道：「看來……你……你們是真把我當成外人了……」

葉青虹聽他這麼說話心中就已經明白了，瞎子一定是聽說了什麼消息，難怪說這天底下沒有不透風的牆。葉青虹笑道：「你這是哪兒的話，敢情你這是興師問罪來了？」

瞎子一屁股坐在沙發上：「羅……羅獵……那忘恩負義的王八蛋呢……讓……讓他出來見我……」

葉青虹聽他出口就罵羅獵，心中可有些不樂意了：「瞎子，口下留德啊，羅獵讓著你不跟你計較，可我心眼小啊！」

瞎子氣喘吁吁道：「葉……葉青虹……我還就不怕你……你當我不知道……羅……羅獵不見我……就……就是你攔著……」

「嗨！你要找事啊？」

瞎子指著葉青虹道：「找事兒？惹……惹毛了我……我……」

葉青虹鳳目圓睜道：「你敢怎樣？」

瞎子擼起袖子，一副兇神惡煞的模樣：「我……我替我兄弟教訓你……」

樓梯上傳來小彩虹憤怒的聲音：「不許欺負我虹媽媽！」原來這孩子剛才並沒有走遠，一直都在樓上偷看呢。

瞎子看到小彩虹也愣了，小彩虹踉踉蹌蹌跑下樓梯，葉青虹擔心她絆倒，趕緊迎上去抱起她，保姆在後面跟了過來，連連道歉。

小彩虹指著瞎子道：「壞人，不許你欺負我媽媽！」

葉青虹心中一暖，這孩子自己真是沒白疼她，她笑道：「女兒啊，伯伯不是壞人，他是爸爸的好朋友，好兄弟，剛剛跟我開玩笑呢。」

瞎子一臉的尷尬，陪著笑湊了過去：「這孩子，你女兒啊？」

葉青虹點了點頭。

瞎子笑著繼續問道：「你跟羅獵的？」

葉青虹白了他一眼，將小彩虹交給保姆帶走。

瞎子嘿嘿笑道：「難怪啊，孩子都這麼大了，你們倆藏得倒是嚴實，咦，不對啊，你上次來不是說有三年沒見羅獵了，這效率也太快了。」

葉青虹被這廝說得紅了臉：「瞎子，你再胡說八道我把你趕出去了。」

「瞎子！」羅獵的聲音從門外響起，剛才他一直都在博物館內整理文物呢。

瞎子看到羅獵，一時間百感交集，這心中又是委屈又是激動，衝上去抓住羅獵的肩膀，用力搖晃著：「你……你啊你……你特馬把我給忘了……」然後抱住羅獵竟然嚎啕大哭。

葉青虹忍不住切了一聲道：「切，大男人哭得比個女人還慘。」

瞎子抽抽噎噎道：「你知道個屁啊，我……我們哥倆是什麼感情……你才認識他幾年啊？」

羅獵有些無奈地朝著葉青虹使眼色，示意她一定要控制住性子，千萬不要跟瞎子一般見識。

葉青虹當然不會跟瞎子計較，起身去陪小彩虹，上樓的時候不忘叮囑傭人去準備午飯。

瞎子的那點兒委屈很快就被久別重逢的快樂所取代，他抓著羅獵說個不停，說到口乾舌燥，方才端起茶杯喝了口茶，好奇地問道：「羅獵，那……小女孩真是你女兒？」

羅獵點了點頭。

瞎子又道：「你和葉青虹生的？」

羅獵道：「蘭喜妹。」

在瞎子心中對蘭喜妹的好感還不如葉青虹呢，不過他知道蘭喜妹和羅獵結婚的事情，低聲道：「行啊，左右逢源，葉青虹這麼強的性子，甘心給你做小？」

羅獵乾咳了一聲道：「瞎子，喜妹去世了。」

瞎子愣了，反手抽了自己一個嘴巴子：「羅獵，我真不知道，對不住啊。」

羅獵道：「沒什麼，都過去了。我來黃浦已經三天了，原本打算下周才跟你們聯絡，主要是想先冷靜一下，整理一下頭緒，在黃浦我們也沒有聯繫任何其他的朋友。」

瞎子道：「我不是介意，我就是想見你，兄弟啊，三年了，我整整三年沒有你的一點消息，我日日夜夜都在想你啊。」

羅獵當然明白瞎子對自己的這份友情，拍了拍瞎子的肩膀道：「這幾年的事情，我跟你慢慢聊，最近我都在黃浦，咱們有的是時間，對了，張大哥最近也會過來跟咱們相聚。」

瞎子激動地在大腿上拍了一記道：「太好了，我聯繫陸威霖和阿諾，看看他們能不能回來聚聚。」

羅獵道：「好啊！」他將手中茶盞放下：「瞎子，你怎麼知道我回來了？」

瞎子道：「我哪有這麼靈通，還不是白雲飛今兒早晨去我店裡，他提起你的事，我當時一聽那個火啊，什麼生意，什麼老婆我都不管了，蹬著車子就來找你興師問罪。」

羅獵禁不住笑了起來，過去了這麼多年，瞎子還是過去的脾氣。

羅獵道：「白雲飛是法租界的華董，他在法租界一手遮天，消息自然要比他人靈通。」

瞎子道：「他也算念舊，對我一直都很關照，對了，他讓我轉告你，希望抽時間給你接風洗塵。」

羅玂道：「暫時沒什麼時間，離開這麼久，許多東西都需要好好整理一下，而且我想多一些時間陪陪女兒。」

瞎子道：「小彩虹吧，真是可愛啊，我要是能有這麼一個女兒就好了。」

樓梯上傳來葉青虹的聲音：「你啊，還是生兒子吧，生個女兒萬一長得像你就麻煩了。」她一邊說一邊走下樓梯。

瞎子今天跟她杠上了：「怎麼了？我還就生女兒，我老婆長得也不錯，你怎麼就知道我生的女兒就一定像我？」

葉青虹道：「你生的女兒不像你，那問題才真是大了。」

瞎子說不過葉青虹，被憋得滿臉通紅，他指著葉青虹，看著羅玂道：「你……你……也不管管你家婆娘，都……都囂張成什麼樣子……了」

葉青虹道：「瞎子，你胡說八道啊，我和羅玂之間可是清清白白的，什麼關係都沒有。」

瞎子呵呵笑了一聲，正想反唇相譏，羅玂打斷這廝的話道：「吃飯，吃飯，這麼久沒見，一見面就掐，都有勁沒處使是嗎？」

瞎子順坡下驢道：「我好男不跟女鬥。」

葉青虹只是故意氣他，她才不會跟瞎子一般計較，從午餐的準備來看，還是頗為精心，對這位久別重逢的老友還是相當歡迎的。

瞎子看到桌上琳瑯滿目的菜餚，心中的氣頓時消了，其實今天是他不請自來，且一進來就興師問罪，以他和羅獵的關係，自然不該對這份友情有所懷疑。

瞎子道：「怎麼？小彩虹不下來吃飯？」

葉青虹笑道：「她睡了，這兩天剛來黃浦，晚上總是興奮，很晚才睡，所以白天就睡得多了一些。」

瞎子點了點頭，看到羅獵去拿酒，這才想起自己匆忙離開，店裡只剩下周曉蝶的事，苦笑道：「今天聽到你的消息就跑了出來，回頭小蝶要把我罵死了。」

羅獵道：「她如果知道你來見我，肯定不會說什麼。」

瞎子道：「這酒咱們不喝了，晚上到我那裡去喝，我待會兒還得趕回去。」

葉青虹道：「怎麼？剛剛還兄弟情深，這會兒又重色輕友了。」

瞎子尷尬笑道：「不是，你們都知道的，小蝶她眼睛不好，雖然現在比起過去好了不少，可是沒我在身邊還是不行，如果我……嗨！得，您也別寒磣我，不醉無歸，不醉無歸。」

羅獵卻將酒瓶給放下了：「算了，不在乎這一頓，晚上我去你那兒再喝，你抓緊吃飯，趕緊回去，把店裡的事情安排好了再說。」

瞎子吃完了飯匆匆離去，葉青虹本想讓司機送他，可瞎子堅持自己騎車。

羅獵和葉青虹並肩望著瞎子離去，葉青虹轉身看了看羅獵，發現他表情悵然若失，小聲道：「怎麼？才分開一會兒就開始想了？你對他還真是不一般呢。」

羅獵笑道：「有沒有覺得他變了。」

葉青虹道：「沒覺得，還是那麼牙尖嘴利，說話從不饒人。」話鋒一轉又道：「不過，如果在過去，他一定會陪你喝個痛快，今天居然能夠控制得住。」

羅獵道：「因為他心裡有牽掛了。」

瞎子的牽掛就是周曉蝶，其實瞎子一直都有牽掛，在過去他牽掛著外婆，羅獵對這位老友是極其瞭解的，瞎子表面上吵吵嚷嚷，可內心深處對冒險是排斥的，他更喜歡安逸平靜的生活，這也是羅獵來到黃浦之後沒有馬上去找瞎子的原因，因為羅獵在猶豫是不是應該去打擾他原本平靜的生活。

葉青虹道：「**每個人的心裡都有牽掛，可是未必每個人都能放得下。**」想起羅獵六年之後的約定，葉青虹心中頓時難過了起來。

路是自己選的，葉青虹並不後悔，她只是難過，自己為何不能讓羅獵留下？

如果自己在他的心中足夠重要，他會不會選擇背叛對風九青的承諾？

羅獵道：「我下午想去福音小學看看。」

葉青虹點點頭道：「你去，我陪著小彩虹，她醒了見不到我肯定會哭。」

羅獵笑了起來，心中溫暖的同時又感到有些歉疚，如果不是葉青虹，小彩虹很難熬過這段日子，而自己也無法想像會經歷怎樣的痛苦和折磨。

每當想起這些事，羅獵的內心是幸福且痛苦的，他的幸福來源於這些知己對自己毫無保留的深愛，他的痛苦卻因為他就算竭盡所能仍然無法阻止她們的離去，難道自己真是一個不祥之人？

自從和葉青虹重逢，葉青虹始終在默默付出，而自己從未對葉青虹主動表達過愛意，葉青虹依然無怨無悔，羅獵知道她在等待，而且將會永遠等待下去。

福音小學的校舍剛剛經過了翻建，大門是新建的，羅獵幾乎沒有認出來，當年在這裡上小學的孩子應該都已經畢業離開了，羅獵站在學校的柵欄外，望著裡面的孩子，聽到他們的歡聲笑語，羅獵的臉上露出會心的笑容。

如果當年沒有遇到葉青虹，自己會不會在黃浦的小教堂裡安安靜靜做一個牧師，平平淡淡地度過一生？羅獵很快就給出了一個否定的答案，就算沒有遇到葉青虹，羅行木的信還是會送到他的手裡，他仍然會踏上那場滿洲之行。

羅獵圍繞著福音小學慢慢走著，他點燃了一支煙，蘭喜妹的離去讓他重新抽起了煙，當然是在一個人的時候，來到福音小學的後門，從這裡已經可以看到小教堂的尖頂。

羅獵聽說小教堂已經被教會重新接手了，還派去了新的神父，循著花崗岩拼成的小路一直走向教堂的尖頂，很快就來到了小教堂的對面，羅獵沒有選擇通過馬路，就站在對面，靜靜望著教堂，點上第二支煙的時候，看到一位穿著黑色長袍的神父從裡面出來，熱情地跟信徒打著招呼。

景物依舊，只是時光荏苒。

一輛黑色轎車在小教堂的正門前停下，一位身穿月白色長衫的男子走出汽車，他沒有進入教堂，而是拄著文明棍，向馬路對面的羅獵微笑著。

羅獵認出了白雲飛，雖然過去了幾年，可白雲飛的樣子一點都沒變，白雲飛叼著一支雪茄，輕輕揮了揮手，停在他面前的那輛車向遠處駛去。

白雲飛慢慢向羅獵走了過去，羅獵卻沒有挪動腳步，他知道白雲飛一定是有備而來，像白雲飛這種人，很少會做毫無意義的事情。

羅獵道：「看來我到哪裡都瞞不過侯爺的眼睛。」

白雲飛笑了起來：「別的地方不好說，在黃浦法租界，我還是有些眼線的。」他在羅獵的面前停下腳步：「現在很少有人再稱呼我為侯爺了。」

羅獵微笑道：「那叫您什麼？」

白雲飛道：「我現在是法租界的華董。」

羅獵笑道：「恭喜！白先生真可謂青出於藍而勝於藍！」

白雲飛聽出了他話後有話，自己的這番基業歸根結底還是拜穆三壽所賜，如果沒有當年穆三壽的饋贈，自己應當沒有東山再起的機會，當然還要得益於葉青虹對穆三壽繼承權的主動放棄，白雲飛道：「聽說葉青虹回來，我就讓人一直留意她的消息，沒想到羅老弟也一起回來了。」他很好地解釋了自己因何知道羅獵返回黃浦的事情。

羅獵道：「青虹對白先生的事可不關心。」他的意思很明顯，提醒白雲飛不用打葉青虹的主意，也不要擔心葉青虹危及他的利益，葉青虹不會找他的後賬。

白雲飛連連點頭道：「我明白，羅老弟有時間嗎？一起喝個下午茶？」

羅獵並沒有猶豫，點了點頭道：「好吧！」

白雲飛指了指前方道：「前面就是外灘，咱們走幾步。」

羅獵欣然道：「邊走邊談！」

## 第九章

# 這輩子只為一個人而活

葉青虹本以為參加舞會可以排遣一下心中煩惱，
可來到這裡心中卻浮現著羅獵和小彩虹的影子，
葉青虹知道自己早已中毒了，中了羅獵的毒，
這輩子只為一個人而活，也只能為一個人活著。

羅獵知道像白雲飛這種人，很少會有單獨外出的膽子，在他們兩人走向外灘的途中，有不少便衣在沿途保護。白雲飛雖然已經成為法租界呼風喚雨的人物，可這並不代表著他能夠隨心所欲的生活，白雲飛活得其實比多數人都要小心。

白雲飛道：「羅老弟這幾年去哪裡逍遙自在了？」

羅獵道：「我這個人很難靜下來，雖然長了幾歲，可沒長什麼見識。」

白雲飛哈哈笑了起來：「你這人總是太過謙虛，以你的能力想做什麼都會有所成就，不過羅老弟年紀輕輕難得就看淡名利，這也是為兄最佩服你的地方。」

羅獵道：「**這世上任何事都是一把雙刃劍，有所得到就有所失去，所以不過不失反而最難做到。**」

白雲飛因他的這句話仔細想了想道：「有道理，可有些道理明明大家都清楚，卻很少有人能夠做得到，**如果一個人從未得到也就無所謂失去，可一個人一旦擁有過，卻突然失去，那麼他就會不計一切代價地將失去的東西拿回來。**」

羅獵淡淡一笑，他知道白雲飛的經歷，白雲飛的這番話就是在說他自己。

白雲飛道：「我幾度沉浮，辛辛苦苦得到了眼前的一切，可現在卻發現自己越來越不快樂。」說話間已經走到他們要去的茶館，白雲飛的手下已經先行到了這裡清場，他的汽車就停在茶館門外。

兩人上了茶樓，白雲飛叫了一壺龍井，點了幾樣茶點，羅獵向窗外望去，看到浦江內來往穿梭的船隻，白雲飛道：「過去穆三爺經常到這裡來，我現在也養成了到這裡喝茶的習慣。」

羅獵微笑道：「穆三爺沒有看錯人。」

白雲飛歎了口氣道：「過去我很奇怪，為何穆三爺總喜歡坐在這裡，本來我以為他喜歡看江景，後來才發現，坐在這裡可以看清周圍的狀況，而又不會成為他人的目標。」

羅獵道：「看來你們這些人連喝一杯茶內心都不敢放鬆。」

白雲飛道：「無時無刻不在提心吊膽，我曾經不止一次想過金盆洗手，退出江湖，可退得下來嗎？如果我今天從這個位子上退下來，可能不過今晚就會曝屍街頭，我的仇人太多了，一旦我主動放下了手中這把刀，就等於失去了防禦。」

羅獵能夠理解白雲飛的感受，輕聲道：「既然選擇了自己的路，就得堅定地走下去。」

白雲飛道：「現在回頭想想，我最開心最自在的時候反倒是在剛學戲的時候，如果不是倒了嗓，我或許會在舞台上唱一輩子。」他望著江面若有所思，沉默良久方才道：「我之所以見你，並不是想利用你，我這個人朋友不多，能讓我信任的人更是少之又少，自從進入這個行當，我做了不少的壞事，可有一點我還算對得起自己的良心，我沒有出賣過祖宗。」

羅獵道：「白先生一直都是個有原則的人。」

白雲飛道：「羅老弟對當下的局勢怎麼看？」

羅獵沒有說話，因為他早已瞭解了這段歷史，當然知道接下來歷史的走向，**每一個新時代的來臨都要經歷磨難和陣痛，羅獵無權干涉，也不能干涉**。

白雲飛道：「大清變成了民國，其實是換湯不換藥，所謂民主，哪會有什麼真正的民主，自民國成立以來，軍閥割據，各方混戰不斷，爭權奪利，爾虞我詐，內鬥不已，有誰真正顧得上百姓之死活，對自己同胞採用鐵血鎮壓，對外來入侵卻奴顏婢膝，這樣的政府又怎能取信於民，這樣的政權又怎能長久。」

羅獵道：「我這個人對政治沒什麼興趣，白先生難道想從政？」

白雲飛搖搖頭道：「以我的底子能夠成為法租界華董已達到了我的巔峰，現在不知多少人都在盯著我的位子，恨不能馬上就將我從位子上拉下來取而代之。法國人對我委以重任，真正目的卻是想通過我來壓榨同胞，掠奪中華財富。」

羅獵道：「你既然知道，為何還要為他們做事？」

白雲飛道：「我不做，自有人做，與其讓別人做還不如讓我來做，羅獵，我聽說你正在籌建一所博物館，我想略盡微薄之力。」

羅獵道：「已經打消了這個念頭了。」

白雲飛聞言一怔：「不是說你們已選了一塊地，而且主體建築已建好？」

羅獵道：「亂世黃金，盛世收藏，在如今這種動盪不定的形勢下，開博物館容易，可想要保護好那些古董卻很難，還不如任其散落在民間。」羅獵主意的改變源於他對歷史走向的瞭解。

白雲飛有些失望地歎了口氣道：「也有道理。」

羅獵道：「其實白先生完全可以多做一些慈善，多幫助一些有需要的人。」

白雲飛道：「我這種人做善事誰會相信？別人肯定會懷疑我的動機。」

羅獵道：「我和青虹準備成立一個基金會，幫助那些流離失所的孤兒。」

白雲飛目光一亮道：「此事算我一份。」

羅獵點了點頭道：「好啊，沒問題。」

白雲飛道：「張凌峰那個人你還記得吧？」

羅獵道：「有印象。」

白雲飛道：「他有個堂兄叫張凌空，此人從北美留學回來，家產頗豐，新近來到黃浦經商，聲勢不小。」

羅獵從白雲飛的表情已經看出他對這個張凌空非常的重視，可羅獵對這種商場上的競爭沒什麼興趣，微笑道：「我和這個人並不認識。」

白雲飛道：「張凌峰也來了，黃浦雖然不小，可大家低頭不見抬頭見，我想總有見面的時候，這個週末，張凌空在新世界舉辦舞會，不知你有無興趣？」

羅獵哈哈笑了起來：「白先生上次的舞會已經讓我產生了心理陰影，這種事情我也沒什麼興趣。」

白雲飛笑道：「話雖如此，可張凌峰也知道你回來的消息，他應該不會忘了你這位老朋友。」

新世界是在過去藍磨坊的基礎上翻建，規模比起過去大了一倍不止，張凌空這位新世界的老闆雄心勃勃要打造全黃浦最大的夜總會，他要將整個黃浦最紅的頭牌，最美的舞女都請到這裡來，事實上他也在這樣做，在黃浦挖角不斷，幾乎挖走了各大夜總會的台柱子。

張凌空的行為自然激起不少人的敵視，可張凌空不但在政商方面關係夠硬，而且和開山幫的趙虎臣交情匪淺，至於軍界，北滿軍閥張同武就是他的親叔叔。所以張凌空雖然回國的時間不長，卻已經被人認為是財大氣粗手眼通天的人物。

張凌峰此時正在浦江酒店的平台上抽煙，陸如蘭坐在陽台的籐椅上，小心地塗抹著指甲。他們兩人也有大半年沒見了，張凌峰眼角的餘光掃了掃陸如蘭，雖然隔著一段距離，仍然能夠看到陸如蘭眼角細密的皺紋，想起剛才兩人的那場顛鸞倒鳳，張凌峰居然感到索然無味，女人真是不禁老。

陸如蘭道：「我還以為你把我給忘了呢。」

張凌峰道：「怎麼會？最近滿洲戰事緊，我也是實在抽不開身，這不，跟徐北山剛剛達成了和談協定，我這就來了。」

陸如蘭拋給張凌峰一個媚眼，她對男人心再瞭解不過，她知道張凌峰在敷衍自己，陸如蘭道：「新世界的生意不錯啊。」

張凌峰笑道：「還不是多虧了你，如果不是你為我保駕護航，怎麼可能在這麼短的時間內將全黃浦最紅的舞女請過來。」

陸如蘭道：「請這個字可不恰當，確切地說是挖過來。」

張凌峰似乎想起了什麼，他轉身走了進去，不一會兒拿著一張銀票出來，拉起陸如蘭的右手將銀票放在她的手中，陸如蘭在銀票上掃了一眼道：「當初你可不是這樣跟我說的。」她將銀票遞給了張凌峰。

張凌峰笑道：「嫌少？」

陸如蘭道：「你不是說新世界有一半的經營權是我的？」

張凌峰道：「你要經營權有什麼用，別說是你，現在就連我都不會插手其中的事情，我大哥……」

陸如蘭打斷他的話道：「你答應我的事情，不要用你大哥來做藉口。」

張凌峰道：「開始我也以為我家老爺子會讓我來負責黃浦這邊的事，可是他不肯，還專門從美國把我大哥給弄了過來，現在所有事都是他來負責，我能有什麼辦法？如蘭，這筆錢不少了，如果你還覺得不夠，我可以再給你一萬大洋。」

陸如蘭道：「我要的不是錢，我要的是尊重，張凌峰，你跟我說過什麼？我跟你這些年，我有沒有要求過什麼名份地位？我有沒有要你明媒正娶？你給不了我這些就算了，還讓我繼續跟著那個老頭子，你什麼意思？你把我當什麼？」

羅獵很晚才回去，他去瞎子的家裡大喝了一場，兩人說了不少的往事，說到動情處，瞎子嚎啕大哭，羅獵也頗為感慨，不知不覺中他們已經長大了。

回到住處，看到小樓的客廳仍然亮著燈，羅獵走入客廳，葉青虹坐在沙發上手中抱著抱枕已睡著了。羅獵脫下衣服，來到葉青虹身邊，葉青虹此時睜開了雙眸，看到眼前的羅獵，微笑道：「回來了？」聞到羅獵身上的煙酒味道，皺了皺眉頭道：「喝了不少，去，洗澡去。」

羅獵點了點頭，關切道：「你一直等著呢？」

葉青虹道：「我才沒有，剛才在看書，不知怎麼就睡著了，快去洗澡吧，一身的味兒。」

羅獵道：「嗯，你也早點睡。」

葉青虹道：「嗳，女兒睡了，你別去看她了，省得吵醒她。」

「知道了！」

羅獵舉步向樓下的客房走去，雖然他和葉青虹同住一個屋簷下，兩人一直都是分房而居。

羅獵洗澡出來看到葉青虹仍坐在那裡，於是走了過來：「怎麼還沒睡啊？」

葉青虹道：「想起了一件事跟你商量。」

羅獵來到葉青虹的身邊坐下，葉青虹一雙嫩白的美足就放在沙發上，羅獵的目光不由自主落在她的美足之上，葉青虹意識到了什麼，將腳放下，穿好了拖鞋，將一張請柬遞給了羅獵。

羅獵接過請柬展開一看，卻是一張舞會的邀請函，邀請函是送給葉青虹的，邀請人是張凌空。

因為羅獵中午聽白雲飛提起過這個人，所以對張凌空也算是有了瞭解，他輕聲道：「這個張凌空是張凌峰的堂哥吧？」

葉青虹點了點頭道：「你的消息滿靈通的嘛，」

羅獵道：「這個人在黃浦聲名鵲起，想不知道都難啊。」

葉青虹笑道：「可我不認識他，所以收到這請柬我都糊塗了，這麼久沒在黃浦想不到還有人記得我，直到張凌峰打電話過來，他說請我務必要過去，還說要請我當他的舞伴，你覺得我去不去啊？」

羅獵聽出葉青虹在故意試探自己，咳嗽了一聲道：「張凌峰是你好朋友。」

葉青虹道：「算是有些交情，可自從上次他不肯為你作證，我就不再把他當朋友了。」

羅獵道：「可最後他還是為我作證了，其實當時他的確沒看清狀況，總不能作偽證吧。」

葉青虹道：「你還為他說好話啊。」

羅獵道：「我是就事論事。」

葉青虹道：「那你說我是去還是不去？」

羅獵道：「這我可做不了主，人家又沒請我。」

葉青虹道：「那我可就去了。」

羅獵道：「成！」

葉青虹道：「你不吃醋啊？」

羅獵道：「不是朋友嗎？」

葉青虹明顯有些不高興了，起身道：「累了，我去睡了。」

羅獵道：「早點休息啊！」

葉青虹快步向樓梯上走去，走著走著鼻子一酸，眼淚落了下去。

葉青虹決定去出席這場舞會，原本她壓根就想拒絕，可羅獵無所謂的態度刺激到了她，她感到自己一直以來的付出被羅獵無視了，甚至連別的男人邀請自己成為他的舞伴，羅獵都沒有表現出半點的嫉妒，這就是無所謂，可能羅獵的心中已經根本沒有了她的位置。

葉青虹許久沒有這麼隆重地打扮了，她要讓羅獵知道，自己不是個沒人要的傻丫頭。

舞會那天，羅獵一早就帶著小彩虹出去玩了，看不到他們，葉青虹心裡空空的，她甚至開始猶豫自己應不應該跟羅獵賭氣，如果羅獵現在跟自己說不去了，或者他根本不用說，邀請自己出去吃飯，哪怕一起走走，葉青虹就會馬上放棄出席舞會的想法，可羅獵直到下午四點仍然沒有回來。

葉青虹有種被拋棄的感覺，這父女兩人從一早就出去了，雖然自己比平時起得晚了一些，可是他們也不至於都不跟自己說一聲，整整一天，居然沒有回來。

葉青虹越來越覺得自己像個局外人，無論她怎樣努力，都無法真正走入這個家，走入羅獵的心裡，葉青虹哭花了妝，不過她很快就平復了情緒，洗淨了臉，重新補好妝出門，今天她要為自己好好活一天。

新世界在藍磨坊的基礎上重建，藍磨坊曾是穆三爺的產業，穆三爺去世後，這些產業就歸了白雲飛，白雲飛對歌舞廳的經營原本就沒多少興趣，再加上他搖身一變成為了法租界的華董，對藍磨坊這種雞肋產業就興起了轉讓的念頭，白雲飛並不知道最後的買主是誰，當藍磨坊變成了新世界，後台老闆張凌空方才漸漸浮出水面。

白雲飛如果知道當初的買主是張凌空，他說什麼都不會將藍磨坊賣出去，張凌空回到黃浦之後，他的生意圈主要在公共租界，一直以來他們之間也算得上是相安無事，而新世界卻位於法租界，等於是張凌空將一隻腳踩進了自己的勢力範圍，白雲飛又怎會高興？

而根據他的瞭解，張凌空其實是北滿軍閥張同武利益集團的代表，張同武在滿洲的日子並不好過，這兩年隨著日方勢力在滿洲的不斷加強，南滿軍閥徐北山在日方的支持下勢力不斷坐大，原本勢力占優的張同武開始現出頹勢，此前接連吃了敗仗。多半人已經不再看好張同武一系，認為他們被趕出滿洲是早晚的事情，事實上整個滿洲都有可能成為日方的囊中之物。

在這樣的形勢下，張同武一系不得不考慮退路，兵馬未動糧草先行，在當今的時代，就是如何最大限度地保住他們張家的財富。

葉青虹乘車來到新世界，看到新世界大門外閃爍的霓虹燈，不由得想起當初她初到黃浦的時候，憑藉著自己的容貌和才藝，在穆三壽的幫助下短時間內就在黃浦成為最紅的歌星，她當時心中抱有的唯一目的就是復仇。

正是那場刺殺任忠昌的行動中，她認識了羅獵，這個讓她刻骨銘心的男人，故地重遊，葉青虹浮想聯翩，她意識到其實從她認識羅獵的第一天就已經喜歡上了他，可因為復仇的使命，他們之間的關係卻不得不定位在利用和被利用。當年參與陷害父親的人如今都已經得到了懲罰，而這並不代表著恩怨從此煙消雲散。

冤冤相報何時了，祖宗的古訓果然很有道理，她殺死了任忠昌，任忠昌的兒子任天駿為此展開了不擇手段的報復，正是任天駿的報復，讓她不得不選擇暫時和羅獵分開，她離開了黃浦前往歐洲，而羅獵因為被誣陷謀殺而不得不隱姓埋名避難滿洲，這次的分離讓他們從此天各一方。

一場分離造成了他們之間的陰差陽錯，等到風聲平息，葉青虹卻聽到了羅獵和蘭喜妹結婚的消息。

葉青虹並沒有要求羅獵任何的回報，可是她只希望羅獵的心中能有一個小小的部分屬於自己，可是羅獵這次表現出的冷漠和無所謂大大刺傷了她的自尊，讓她認為自己在羅獵的心中根本就是可有可無。

葉青虹時常懷念在蒼白山他們三口人居住木屋的時光，那時候她和羅獵的距離更近一些。前來新世界的路上，葉青虹默默地想，也許羅獵從未改變過，即便是在蒼白山也只是自己在幻想，因為沒有外人的打擾，所以她和羅獵之間的矛盾被隱藏了，而當他們回到現實社會，回到繁華的黃浦，有些危機就再也藏不住。

該來的始終都要來，葉青虹抬頭看了看新世界的燈箱，她幾乎忘了自己是誰？忘了自己是什麼樣子，難道羅獵並不喜歡這樣的自己？她想到了小彩虹，難道小彩虹也不想她的虹媽媽了？想到小彩虹單純明澈的大眼睛，葉青虹差一點又要落淚，她又萌生出回去的想法，如果小彩虹回家見不到自己怎麼辦？葉青虹輕輕歎了口氣，自己終究不是小彩虹的媽媽，也許小彩虹只是將自己當成了一個替代品，如果不是這個原因，羅獵會不會早就拒絕了自己。

葉青虹悄悄問自己，自己何時開始變得如此低三下四，又是何時開始變得患得患失，她已經失去了自我。

「青虹！」

葉青虹聽到張凌峰驚喜的呼喊聲，她整理了一下情緒，臉上露出高貴而矜持的笑容。

張凌峰仍是一身戎裝，三年不見，他比過去胖了一些，看來滿洲戰事並沒耽擱他的養尊處優，張凌峰身邊是有女伴的，一個剪著齊耳短髮學生模樣的女孩。看到葉青虹，張凌峰馬上拋下了她，大步向葉青虹迎了上來，他笑著向葉青虹伸出手。

葉青虹笑了笑，伸出手去，張凌峰很紳士地握住她帶手套的手，在葉青虹的手背上輕輕一吻，然後並未馬上將葉青虹的手放下，盯著葉青虹美麗絕倫的俏臉道：「青虹，我就知道你一定會接受我的邀請。」

葉青虹把手抽了回去，張凌峰多少有些尷尬，乾咳了一聲道：「這麼久沒見，好像跟我這個老同學生分了。」

葉青虹笑道：「一見面就拉拉扯扯的，你不怕明天的報紙又會亂寫？」

「不怕！」張凌峰說得很有勇氣。

葉青虹道：「你不怕我怕，那是你的舞伴？」

張凌峰笑道：「她哪能跟你比啊，你來了，我馬上打發她走。」

葉青虹道：「張凌峰，我可不是你的舞伴，今晚我也不是受你的邀請而來，給我下請柬的是張凌空，我也就是好奇，過來隨便看看。」

張凌峰仍然鍥而不捨道：「既然來了就好好玩玩，我們好久沒見了，就算你不陪我跳舞，敘敘舊喝杯酒總不能拒絕吧？」

一位身穿黑色西裝的男子走了過來，他就是張凌空，身材比張凌峰還要高一些，相貌英俊儀表堂堂，張凌空微笑道：「凌峰，這位就是葉青虹小姐吧？」

張凌峰趕緊為他們介紹，葉青虹禮貌地向張凌空點了點頭，張凌空道：「我叫張凌空，是凌峰的堂兄，也是這間新世界夜總會的負責人。」

葉青虹道：「張先生果然年輕有為。」

張凌空笑道：「葉小姐肯賞光前來，實在是讓整個新世界蓬華生輝，裡面請，凌峰，幫我好好照顧葉小姐。」

張凌峰應了一聲，就算張凌空不交代，他也會跟著葉青虹獻殷勤。

葉青虹在張凌峰的引領下來到了裡面，張凌峰要了兩杯紅酒，親自遞到葉青虹的面前，今晚受邀前來的都是黃浦的名流，葉青虹看到了不少熟悉的面孔。

張凌峰道：「青虹，你什麼時候回來的，也不跟我說一聲。」

葉青虹抿了口紅酒，四處觀望，顯得有些漫不經心：「為什麼要跟你說？」

張凌峰被她問得愣住了，過了一會兒方才道：「咱們不是好朋友嗎？」

葉青虹道：「原來你一直都這麼認為啊？」

張凌峰笑道：「當然這麼認為，我還覺得咱們之間有可能更進一步。」

葉青虹道：「三年沒見你，又娶幾房姨太太了？」

張凌峰尷尬地咳嗽了一聲道：「青虹啊，你別用老眼光看人，我過去那是年少輕狂，少不更事，現在不一樣了，我知道這世上真正的感情一份就足夠了，所以我把她們全都趕走了，我現在是單身。」

葉青虹道：「我沒看錯你，你這個人壓根就不負責任。」

張凌峰分辯道：「別這麼說，我這個人看似多情其實是最專情的，這麼多年我對你可一直沒變過。」

葉青虹聽得有些厭煩了，秀眉顰起道：「張凌峰，你還是去陪陪你的小女朋友吧，省得人家不高興。」

「我管她，我心裡可只有你。」張凌峰說話的時候，覺得遠處有人正看著自己，抬頭望去，卻見陸如蘭陪著開山幫的趙虎臣進來了，陸如蘭朝他這邊掃了一眼，雖然只是一眼，卻藏不住深深的嫉恨。

張凌峰裝作沒有看見。

陸如蘭坐下之後，叫過身邊的一個人，在他耳邊低聲說了句什麼。

葉青虹發現自己錯了，本以為來參加舞會可以排遣一下心中煩惱，可來到這裡心中卻始終浮現羅獵和小彩虹的影子，她並沒有變，走到哪裡仍是眾人矚目的焦點，可是葉青虹甚至連正眼都不願意看這些人，無論他們的身分有多高貴，相貌有多出眾，葉青虹知道自己早已中毒了，中了羅獵的毒，蘭喜妹沒有說錯，自己和她一樣，這輩子只為一個人而活，也只能為一個人活著。

葉青虹決定離開這裡，她受不了這燈紅酒綠的地方，更受不了圍繞在周圍輪番獻殷勤的傾慕者，無論他們的話說得如何漂亮，她仍然連一個字都聽不進去，感覺都只是如同蒼蠅一般在耳旁嗡嗡不停。

葉青虹準備起身的時候，舞會即將開始，張凌峰笑著向她提出邀請道：「青虹，不知我有沒有這個榮幸，邀請你跳一支舞？」

葉青虹道：「我剛才就說過了，我不跳舞。」

張凌峰碰了個釘子，他也不再堅持，訕訕笑了笑，走向一直等待他的舞伴。

此時一個魁梧的男子走了過來，色瞇瞇望著葉青虹道：「葉小姐，賞個面子，跳支舞唄。」

葉青虹道：「對不起，我有事先走了！」可意想不到的一幕發生了，那名男子竟然伸手抓住了葉青虹的手臂：「怎麼？不給我面子？」

葉青虹轉過臉去，冷冷望著那名男子道：「放開你的手！」

那男子放開了手，葉青虹決定忍耐，她不想在這種場合將事情鬧大，這也是她個人修養決定的，葉青虹只是後悔，自己為什麼要來。她走了幾步，卻聽身後那男子叫道：「葉青虹，你裝什麼清高啊？誰不知道你當年是藍磨坊賣唱的？沒有你乾爹捧你，你也就是一普通賣笑的。」

葉青虹霍然回過頭去，她的臉氣得煞白，這名男子顯然是在故意挑釁，因為聲音夠大，在場的不少人都聽到了，一時間所有目光都朝這邊看來。

已經走入舞池的陸如蘭用眼角的餘光看著這邊，唇角露出一絲得意的笑容。

張凌峰不知發生了什麼，準備過去為葉青虹解圍，卻被舞伴牢牢給抱住，張凌空分開眾人快步走了過去。

葉青虹轉身走了過去，她揚起手準備狠狠給那個挑釁者一記響亮的耳光，可她抬起的手卻被人中途抓住，葉青虹憤怒地抬起頭來，卻發現攔住她的人是羅獵，羅獵的笑容溫暖可親，葉青虹看到他突然出現在自己面前，沒有感到驚喜，反而有種想哭的衝動，她的嘴唇扁了扁。羅獵已經看出了她的委屈，輕聲道：「葉小姐，我可以請你跳一支舞嗎？」

葉青虹沒說話，羅獵笑道：「我就當你默許了。」他牽著葉青虹的手，大步走向舞池，那挑釁的男子望著羅獵，不知他什麼來路，羅獵向他微微一笑道：「這位先生，你現在跪下來向我未婚妻道歉，我可以考慮原諒你。」

那男子張大了嘴巴，突然噗通就跪了下去，在場眾人誰都想不到局面會發生這樣的變化，那男子跪在地上，然後揚起手來，狠狠抽了自己兩個大嘴巴：「對不起，我血口噴人，我有眼不識泰山，我錯了！」說完又狠狠給了自己兩記耳光，打得面頰都高高腫了起來。

葉青虹一看就明白了，一定是羅獵催眠了這傢伙，讓他當眾給自己道歉，一顆芳心溫暖無比，沒有什麼比羅獵護著她更讓她開心了。葉青虹牽了牽羅獵的手道：「算了！」心情好了自然犯不著和這種小人一般計較。

那男子道：「是我的錯，是張老闆讓我找葉小姐的麻煩……」

羅獵想要催眠這種人只需要一個眼神，只是連羅獵也沒想到背後的指使者竟然是張凌空。

那男子還想繼續說，此時四名負責治安的男子衝了上來，一腳將他踹倒在地上，四人押著他將他帶了出去。

因為這個插曲，第一支舞曲剛開始就已中斷，張凌空來到葉青虹面前：「葉小姐，實在是不好意思，我也沒想到會發生這種事。」

葉青虹沒有理他，只是抓住羅獵的手，雙目柔情脈脈地望定了他。

張凌峰也分開眾人走了過來：「青虹，怎麼回事？」

羅獵笑道：「沒事，剛才有位先生喝多了，可能是這位張先生的朋友吧。」

張凌空是頭一次見到羅獵，聽到羅獵的話心中暗暗一驚，其實剛才那名鬧事的男子是受他指使，自從葉青虹出現，他就被葉青虹的美貌和氣質所吸引，張凌峰那群人圍著葉青虹大獻殷勤的情形他看在眼裡，知道葉青虹沒那麼容易接近，於是想了個這樣的辦法，先讓人給葉青虹難堪，然後及時過去解圍，只是張凌空的計畫剛剛開始就已經宣告結束。

張凌峰笑道：「我當是誰為青虹解圍呢，羅獵，你啊！」

羅獵道：「少帥！原來是你啊，沒想到少帥在場的地方也有人敢鬧事。」

張凌峰面孔發熱，其實剛才的事他也明白，這位堂兄的手段實在不夠光明。

張凌空道：「葉小姐，我該怎樣表達我的歉意呢？」

葉青虹雙目仍望著羅獵道：「我記得剛才某人好像說過要請我跳一支舞？」

羅獵笑了起來，他伸手攬住葉青虹的纖腰，在眾人的注目下走下舞池。

音樂聲在此時響起，所有人都不約而同地選擇旁觀，整個舞池就只剩下羅獵和葉青虹兩個，望著翩翩起舞的兩人，張凌峰流露出嫉妒的眼神，張凌空在一旁歎了口氣道：「老弟啊，今晚你的風頭都被人搶光了。」

張凌峰看了他一眼：「大哥，這麼老套的手段就別拿出來用了，美國人都興這個？」

張凌空搖了搖頭，低聲道：「我怎麼不記得自己邀請過他？」

張凌峰道：「我都不知道他在黃浦。」

一旁白雲飛緩緩走了過來，向張凌空笑了笑道：「張老闆，恭喜恭喜。」

張凌空看到白雲飛，也停下和弟弟說話跟他打招呼，白雲飛朝舞池中看了一眼道：「羅獵，我朋友。」

張凌空這才知道羅獵是和白雲飛一起過來的，他笑道：「穆先生的朋友都不是尋常人物。」

白雲飛道：「我今兒來啊，是想跟你說說藍磨坊的事情。」

張凌空道：「藍磨坊？」他臉上帶著嘲諷的笑意：「穆先生難道不清楚現在已經沒有了藍磨坊，只有新世界了？」

白雲飛道：「我質詢過律師，這藍磨坊啊，其實跟我沒關係。」

張凌空愣了一下，然後笑道：「是啊，現在跟你的確沒有關係了。」

白雲飛道：「看來你還是不明白我的意思，這藍磨坊一直都跟我沒關係，穆三爺生前就將藍磨坊送給了葉青虹，只是葉青虹不願接管，所以啊我一直都代管，我當時賣給你也是沒搞清楚藍磨坊的歸宿權。」

張凌空道：「可合同咱們已經簽了，交易也都合法啊！」他心說，錢你都收了，現在反悔也來不及了。

白雲飛道：「地皮是租的，土地的所有人是葉青虹，我雖然能賣給你藍磨坊，可我沒權把這塊地皮賣給你啊。」

張凌空愣了：「穆先生，您什麼意思？」

白雲飛笑道：「沒什麼意思，只是想把這事兒說明白嘍，本來吧，倒也沒什麼，我想葉小姐她不會計較這麼一小塊地皮，可今晚上這件事發生之後，保不齊會有變故。」

張淩空道：「我付過錢了啊！」

白雲飛道：「藍磨坊不是賣給你了，你也給拆了，咱們沒問題啊！您要是真後悔，您把藍磨坊給復原嘍，我把錢一分不少地退給您，不！再加上這段時間的利息，都是朋友，我就算虧了自己，也不能虧了您吶。」

葉青虹道：「你怎麼來了？」

羅獵道：「小彩虹見不到你，還以為你不要她了，又哭又鬧。」

葉青虹不由得又惱了起來：「如果她不要我，你是不是永遠都不來找我？」

羅獵道：「我比你來得早，在你決定前來參加舞會的時候，我就已經準備來了，你到哪兒都招蜂引蝶，肯定是個麻煩。」

「你嫌我麻煩啊？」

羅獵點了點頭，葉青虹作勢要走：「那我走，別攔著我。」

羅獵道：「我也是個麻煩，兩個都很麻煩的人好像不用嫌棄別人什麼。」

葉青虹咬了咬櫻唇，忍不住笑了起來：「你沒有請柬，怎麼混進來的？」

羅獵道：「白雲飛查到了一件事，這裡的地皮另有主人。」

葉青虹道：「誰啊？」其實她已經猜到了結果。

羅獵道：「你啊！」

葉青虹道：「你剛剛說我是你未婚妻啊？」

羅獵咳嗽了一聲道：「我說過嗎？」

葉青虹道：「反正我聽到了。」

羅獵道：「這地皮！」

葉青虹鳳目圓睜：「怎麼？惦記我家產啊？那你娶我，我家產全都給你。」

羅獵道：「我可不圖你錢。」

葉青虹羞澀道：「那你圖我什麼？」

舞曲在此時結束，現場響起一片熱烈的掌聲，葉青虹挽著羅獵的手臂離開了舞池，一邊走一邊掐了掐他結實的臂膀：「回答我？」

羅獵道：「咱們是不是該回去了？小彩虹一個人在家呢。」

葉青虹鍥而不捨道：「回答我的問題。」

此時張凌空主動向兩人走過來，葉青虹眼裡根本沒有其他人：「快說嘛！」

羅獵道：「回去再說。」

張凌空道：「葉小姐，我有件重要事情想跟您商量。」禮下於人必有所求。

葉青虹道：「不好意思啊，今天太晚了，女兒還在家裡等著，我們得先走了，有什麼事情改天再談。」

張淩空聽得一頭霧水，女兒？他們兩人何時結的婚？何時生的女兒？剛剛羅獵不是說葉青虹是他的未婚妻？這到底是怎麼回事？

白雲飛也舉步離開，經過張淩空身邊的時候，笑著向他伸出手去：「張先生不用送我了，我也是好心，其實這跟我真沒什麼關係。」

張淩空氣得雙目噴火，可在這樣的場合下偏偏還不能發作。

目送幾人走後，張淩峰來到堂兄的面前，低聲道：「大哥，到底怎麼回事兒？我怎麼感覺今天氣氛有些不對？」

張淩空暫時沒有向他解釋的心情：「幫我送送客人！」

張淩峰去送羅獵和葉青虹的時候，他們兩人已經上了車，而且汽車已經啟動，兩人並沒有向張淩峰道別的意思，張淩峰望著絕塵遠去的汽車，心中暗忖，看來今晚發生的事情得罪了葉青虹。

對葉青虹，張淩峰始終抱著傾慕之心，對羅獵他卻始終抱著一份虧欠，畢竟當初羅獵在白雲飛府邸的舞會上救過他的命，而他卻沒有在羅獵最需要幫助的時候仗義相助，這件事一直讓張淩峰負疚至今。

羅獵和葉青虹並肩坐在車內，羅獵看了看葉青虹，彷彿回到了他們最初相識的時候，這些年他們經歷了太多，可終究還是從終點回到了起點，葉青虹沒有繼續追問剛才的問題，將螓首靠在羅獵的肩頭，羅獵留意到她的髮髻上仍然插著自己為她雕刻的木簪，心中不由得一暖。

葉青虹道：「我想女兒了。」

羅獵道：「放心吧，她睡了。」

葉青虹從他肩上抬起頭來：「你剛剛不是說她又哭又鬧的？你這個騙子！」

羅獵道：「我沒騙你，她哭喊著要你，我哄不好她，只能把她給催眠了。」

葉青虹聽到羅獵居然把小彩虹給催眠了，氣得揚起拳頭在他胸脯上重重捶了兩拳道：「還有你這麼當爹的，居然催眠自己的女兒！」

羅獵笑道：「我也是沒辦法啊，她要是一直鬧，我怎麼出來把她虹媽媽找回去。」他捉住葉青虹的手，葉青虹就勢偎依在他的懷中，閉上雙眸，夢囈般說道：「我一來就後悔了，我一點都不喜歡這裡，我想小彩虹，也想你，我只想跟你們待在一起，永遠，永遠！」

羅獵抿了抿嘴唇，低下頭去輕輕吻了吻葉青虹的額頭。

兩人回去的時候還不到晚上九點，葉青虹回去的第一件事就是讓羅獵喚醒了小彩虹，小彩虹睜開雙眼看到葉青虹，驚喜地叫了一聲：「虹媽媽！」就撲入了她的懷裡。

羅獵笑道：「女兒，爸爸沒騙你吧？我把虹媽媽帶回來了。」

小彩虹道：「虹媽媽，我還以為你不要我了，是不是我惹你生氣了，是不是你嫌我不乖，是不是你不喜歡我叫你虹媽媽，我以後叫你媽媽好不好？」

葉青虹聽到小彩虹一連串天真的話，內心感動得難以言喻，她緊緊抱著小彩虹道：「媽媽沒生氣，小彩虹是媽媽最可愛的寶貝，媽媽永遠都不會離開你。」

羅獵卻在此時悄悄走了出去，站在露台上，遙望著夜空中的群星，他相信屬於亡妻的那顆星一定在天空中的某處看著自己，小彩虹已經很少再想到母親，今晚她甚至已經改口稱呼葉青虹為媽媽，葉青虹的付出也對得起她的信任和愛。

蘭喜妹生前的希望之一就是女兒能夠儘快將她忘記，也唯有如此，她的離去才不會帶給女兒幼小的心靈太大的創傷，她甚至建議羅獵利用催眠的能力抹去小彩虹腦中關於自己所有的記憶，羅獵沒那麼做，因為他認為那樣的做法是對妻子最大的不尊重，可遺忘還是會到來。

羅獵摸出了香煙，他想要點燃香煙的時候，卻發現自己沒帶火。

噹！葉青虹不知何時出現在他的身後，打著了火機，為羅獵點燃了香煙。

羅獵笑了笑，可是葉青虹仍然看得到他藏在笑容後的酸楚和失落。

葉青虹道：「女兒睡了。」

羅獵嗯了一聲。

葉青虹道：「我還沒來得及卸妝。」

羅獵看了看她：「你怎樣都漂亮。」

葉青虹道：「真心話？」

羅獵點了點頭。

葉青虹道：「可不可以再把煙戒掉？」

羅獵想了想，將香煙取了下來，將至熄滅。

葉青虹道：「我永遠不會取代她在女兒心裡的位置，我沒有想過。」她知道羅獵的失落是因為什麼。

羅獵道：「遇到你是女兒的幸運。」

葉青虹的眼圈紅了：「你呢？」

羅獵道：「也是我的幸運。」

葉青虹道：「我冷了。」

羅獵張開手臂將她輕輕擁入懷中，葉青虹卻抱得很緊，從她顫抖的身體羅獵知道她在啜泣。

葉青虹道：「我從沒想過要取代她，我只想好好愛你，好好愛小彩虹，羅獵，你不要推開我，不要推開我好不好？」

羅獵點了點頭，捧起葉青虹的俏臉，葉青虹滿臉都是淚水，妝也哭花了，她知道自己現在的樣子一定很狼狽，想低下頭去，羅獵卻堅持捧著她的臉，她根本逃不掉。

葉青虹道：「別看了，好醜！」

羅獵道：「你怎樣都漂亮！」然後低下頭去，吻住她的唇，葉青虹嘗到他滿嘴的煙味兒，心中卻別樣的溫馨，一點都沒有嫌棄，擁吻良久，分開之後的第一句話就是：「你把人家的煙癮都勾上來了……」

葉青虹戒了煙，她也勸過羅獵要戒煙，畢竟現在有了小彩虹，她可不想讓孩子看到他們抽煙的樣子。羅獵曾經一度戒煙成功，蘭喜妹的離去讓他重新開始抽煙，而且煙癮比過去更大。葉青虹知道他心情不好，所以一直沒有勸他，現在他們離開蒼白山回到了黃浦，葉青虹認為有必要勸他一下。

羅獵道：「從沒有發現戒煙那麼難。」

葉青虹道：「在女兒面前你怎麼不抽？還是缺乏約束。」

羅獵笑了笑，將兜裡的那盒煙拿了出來，遠遠扔了出去，他扔得很準，那盒煙準確無誤地拋入了東南角的垃圾桶裡，不愧是練了那麼多年的飛刀。

葉青虹道：「待會兒我把你櫃子裡收藏的那些煙全都給門口老周頭送去。」

羅獵道：「這麼堅決啊！」

葉青虹道：「必須戒掉，我也不喜歡煙味。」

羅獵望著葉青虹如水的雙眸：「剛你怎麼沒嫌棄？」

葉青虹皺了皺鼻子，表情可愛極了，她將雙臂搭在羅獵的肩膀上，小聲道：「人家是為你好嘛。」

房間裡傳來小彩虹的聲音，葉青虹道：「我去看看。」

羅獵點了點頭，葉青虹對小彩虹的關懷是無微不至的。他習慣性地去掏煙，摸到空空如也的口袋才意識到自己剛剛將煙扔了，羅獵的唇角泛起一絲苦笑，看來這次真要戒煙了。

## 第十章

# 綢緞莊的一場火

羅獵回想著剛才程玉菲和周曉蝶見面的情景，
如果周曉蝶所說的一切屬實，瞎子本有機會逃脫的，
究竟是什麼讓他改變主意，不顧一切地回去呢？
他在找什麼？究竟想把什麼東西搶救出來？

張凌峰雙手叉著腰：「哥，不是我說你，當初你買下藍磨坊的時候為什麼不調查清楚情況？白雲飛什麼人啊？他能夠成為法租界的華董是一般人物嗎？我們在他的地盤上開夜總會，他又怎肯善罷甘休？」

張凌空望著這位堂弟，心中充滿了不屑，如果張凌峰如此能幹，叔叔就不會把自己請到黃浦了。事後諸葛，這些話他怎麼不早說？不過白雲飛這個混蛋也夠陰險，居然在地皮的事情上做了文章，張凌空也有些懊惱，都怪自己太過自信。兵不厭詐，正如他當初從白雲飛那裡匿名買走藍磨坊一樣，白雲飛也留了一手。

張凌空道：「你和葉青虹不是朋友嗎？」

張凌峰道：「是朋友，可你在舞會上公然給她難堪，我都不知道怎麼去跟她解釋。」

張凌空道：「不用解釋，生意就是生意，即便那地皮是她的，我們只要給一個合理的價格，她應該不會拒絕。」

張凌峰道：「我試試看吧。」

舞會結束的第二天，張凌峰就去了葉青虹的府上，地皮之事刻不容緩，他們張家在新世界投資不菲，這還不包括圍繞新世界建立起來的相關產業，如果因為地皮的事情出了偏差，那麼他們的損失將難以估量，錢財還是小事，更重要的是面子，如果失敗就意味著張家進軍法租界的步伐被白雲飛阻擋，以後他們在法租界也很難有翻身的機會。

張凌峰到的時候，葉青虹正在給小彩虹梳頭，聽聞張凌峰前來拜會，葉青虹就猜到了他的目的，吩咐傭人讓他等著。

張凌峰這一等就是一個小時，直到上午十點，方才見到葉青虹姍姍來遲。

葉青虹微笑道：「不好意思啊，你來得太早，我還未來得及梳洗。」

張凌峰笑道：「女為悅己者容，你梳洗打扮，我就算等一天都甘心情願。」

葉青虹道：「別誤會，不是為你。」她在張凌峰對面的沙發上坐下，傭人送上了兩杯咖啡。

張凌峰道：「你這座宅子真是好地方，鬧中取靜，舉步繁華又能獨享幽靜人生，實在讓我羨慕。」

葉青虹道：「你不在滿洲當你的少帥，來黃浦做什麼？」

張凌峰道：「滿洲雖然地大物博，可繁華程度又怎能和黃浦相比？再說了，滿洲可沒有你這樣的美女。」

葉青虹皺了皺眉頭，毫不掩飾自己的不悅。

張凌峰這次見到葉青虹已經接連遭到她的冷遇，張凌峰也不是傻子，知道自從上次羅獵落難，葉青虹求自己為羅獵作證而未能如願開始，他們之間的友誼已經產生了難以彌合的裂痕。張凌峰沒忘今天過來的主要目的，他將帶來的鮮花遞給了葉青虹，葉青虹並沒有接：「很漂亮，吳媽，幫我插起來吧。」然後笑道：「怎麼這麼好？送花給我啊？」

張凌峰這次沒有跟她開玩笑，歉然道：「我今天這麼早登門拜訪，主要還是為了昨天的事情，那名鬧事的混蛋我們已經狠狠教訓了他，他是個酒鬼，就會胡說八道，你可千萬不要相信他的話。」

葉青虹道：「你不說我都忘了，咱們認識這麼多年的朋友，這麼小的事情沒必要搞得那麼隆重吧？」

張凌峰笑道：「對你是小事，對我可是了不得的大事，我最怕你誤會我。」

葉青虹道：「清者自清，你連這點自信都沒有嗎？」

張凌峰意識到葉青虹這種聰明人很難被自己糊弄過去，於是乾脆切入正題：「對了，我今天過來還有一件事情，確切地說，應當是生意。」

葉青虹笑了：「生意？我又不做生意，你找錯人了吧？」

張凌峰道：「沒錯，你知道的，新世界是我堂兄的產業，為了開這家夜總會他幾乎傾盡所有，只是他沒想到藍磨坊土地的所有權還有那麼大的玄機。」

葉青虹道：「什麼玄機？」

張凌峰道：「那塊地皮的真正主人是你。」

葉青虹搖了搖頭道：「我不知道啊！」

張凌峰認為葉青虹是在敷衍自己，他耐著性子解釋道：「這塊地原本是穆三壽穆老先生的，他是你的義父，在他去世之後，有部分產業給了他的侄子穆天落，還有一部分是在生前就變更到你名下的。」

葉青虹其實已經知道了，可她仍然搖搖頭道：「我真不知道，你也清楚的，這些年我一直都在國外，這次回來也沒幾天，黃浦的物業也一直都交給他人代為管理，我對做生意本身也沒多少興趣，真不知道還有這塊地皮，要不我讓人查查，等有了眉目我給你消息。」

張凌峰道：「青虹，我們是老朋友，所以我也不瞞你，這塊地我們可以按照超出市價三成來收購，你不妨考慮一下。」

羅獵此時和白雲飛正在新世界對面的小樓平台上，從他們的角度可以清楚看到整個新世界，白雲飛遞給羅獵望遠鏡，羅獵搖了搖頭表示自己並不需要。

白雲飛道：「羅獵，知不知道張家為何要急於加大在黃浦的投資？」

羅獵道：「他們在滿洲的形勢不容樂觀，所以張同武已經在考慮後路。」

白雲飛道：「張同武若是放棄北滿，就等於將整個滿洲拱手讓給日本人。」

羅獵點了點頭，他知道會怎樣發展，但他並不會提前告訴白雲飛這段歷史。

羅獵道：「我和青虹商量了一下，關於那塊藍磨坊的地皮，還是交給你處理。」

白雲飛笑道：「燙手山芋，你們嫌麻煩啊。」

羅獵道：「我們這次回黃浦，只想安安靜靜地過些平靜的生活，不想介入任何紛爭，白先生，你和張家必有一戰，我們不想參與，也沒這個本事參與。」

白雲飛想了想道：「既然你們決定了，我也只好恭敬不如從命。羅老弟，其實以你的能力，如果肯和我聯手，別說這個法租界，整個黃浦都會是咱們的。」

羅獵道：「我這個人對金錢名利興趣不大，別說一個黃浦，就算把整個中國給我當家做主，我該怎麼過還是怎麼過。」

白雲飛笑道：「你啊，我真是佩服你的心態，年紀輕輕居然比我還要看得開。不過有句話我也要提醒你，現在的社會不是你想明哲保身偏安一隅就能如願的，你不惹別人，難保別人不會認為你觸犯了他的利益。最好的自保之道，就是先下手為強，清除所有潛在的敵人，這叫未雨綢繆。」

羅獵微笑道：「受教！」

此時白雲飛的一名手下匆匆走了過來，附在白雲飛的耳邊低聲說了句什麼，白雲飛不由得面色一變，他向羅獵望去，羅獵從他的目光中已意識到可能發生了意想不到的狀況，而且很可能和自己有關。

白雲飛道：「羅獵，安翟的綢緞莊失火了。」

葉青虹收到消息之後，也第一時間趕到了醫院，她在手術室外見到了羅獵：「安翟他們怎麼樣？」葉青虹焦急地問道。

羅獵道：「他們夫婦兩人都受了傷，目前都在搶救，情況還不清楚。」他們說話的時候，手術室的燈滅了，很快就看到了從裡面推出了一個人，先出來的是周曉蝶，她手腳多處燒傷，不過因為瞎子護著她逃出來的緣故，傷勢較輕，反倒是瞎子燒傷更重，在逃出綢緞莊時又被落下的房樑砸中了腦袋，目前仍在搶救。

葉青虹道：「好好的這是怎麼了？」

羅獵沒說話，將頭靠在牆上。

葉青虹看到他憂傷的樣子，有些擔心羅獵多想，畢竟羅獵的身邊發生了太多事情，他總是將身邊人的不幸歸咎於到他自己身上。葉青虹道：「你也別太擔心了，他們小倆口人這麼好，老天爺也不會對他們那麼不公道。」

羅獵點了點頭。

此時安翟的手術終於結束，從醫生那裡得知手術很成功的消息，羅獵由衷鬆了口氣，不過目前瞎子還處在昏迷中，能否恢復正常還要等他甦醒後來看。

將安翟送入特護病房之後，葉青虹向羅獵道：「這兩天你就留在醫院陪著他們，有什麼事情也好照應，家裡的事情你別擔心，有我陪著女兒呢。」

「辛苦了！」羅獵向葉青虹道。

葉青虹莞爾道：「跟我還客氣啊？」

葉青虹走後沒多久，白雲飛也過來了，他去巡捕房問過情況，根據現場勘查的結果，這場火災已經被定性為縱火，也就是並不是意外。羅獵強忍憤怒道：「究竟是誰幹的？」

白雲飛道：「我已經讓人去查，不排除幾個可能，一，同行競爭，他們兩口子生意紅火，遭到同行嫉妒，二，仇人報復，你是他朋友，應該知道他過去有什麼仇人……」他停頓了一下又道：「當然也不排除被連累的可能，比如別人知道我一直都在關照他，所以對付他以給我一個下馬威。」

羅獵道：「在沒查出真相之前，咱們還是不要妄自猜度。」

白雲飛點了點頭：「對，這事兒還是謹慎點好，我跟巡捕房打過招呼了，縱火案發生在法租界，法國人的臉上也不好看，法國領事已經限定了破案時間，七天之內如果破不了案，就讓巡捕房的華探總長自己辭職。」

羅獵道：「多謝白先生。」

白雲飛道：「你不用謝我，你不在黃浦的這三年，我和瞎子經常在一起喝茶走動，他也是我朋友，我總琢磨著這事兒跟我有關係，只要讓我查出來是誰幹的，我絕饒不了他。」

兩人這邊正說著話，有兩人朝著特護病房走了過去，羅獵慌忙叫住他們：「喂！幹什麼的？知道什麼地方嗎？」

那兩人轉過身來，卻是一男一女，白雲飛認識，這兩人是黃浦有名的私人偵探，女的叫程玉菲有黃浦第一神探之稱，男的是她的助手李焱東，兩人是受了法租界巡捕房華人總探的委託前來協助辦案，要說這位法租界的劉探長也是沒了辦法，法國領事蒙佩羅勒令他一周內破案，否則就讓他自動辭職，這起縱火案許多證據都被燒毀，根據目前的狀況可以稱得上毫無眉目，求助於私人偵探也是沒有辦法的事情。

程玉菲穿著深藍色西裝打著領帶，帶著一頂同色鴨舌帽，她身高在一米七左右，再加上走起路來頗有些男子氣概，連羅獵都沒在第一眼看出她是個女人。

程玉菲緩步來到兩人面前，向白雲飛打了個招呼：「穆先生。」然後打量了一下剛才叫住他們的羅獵：「這位是……」

白雲飛笑道：「這位是我的好朋友羅獵，也是傷者的好朋友。」他又將程玉菲介紹給羅獵認識。

羅獵沒有聽說過程玉菲，可程玉菲卻早就聽說過他的名字：「久仰！」她向羅獵伸出手去。

羅獵跟她握了握手，程玉菲道：「我早就聽說過羅先生的大名。」

羅獵估計應和于衛國被殺一案有關，當時于家為了捉拿自己一度將賞金提升到二十萬大洋，吸引了無數人的目光，更不用說這種靠賞金過日子的私家偵探。

羅獵道：「希望沒給程小姐帶去什麼不好的印象。」

程玉菲道：「羅先生的罪名不是已經洗清了嗎？」她向特護病房的方向看了一眼道：「希望兩位瞭解，傷者的口供對我來說非常重要，所以我希望能夠儘快和傷者見面。」

羅獵道：「程小姐恐怕會失望了，手術剛剛完成，傷者的情況並不穩定，安翟還沒有甦醒。」

此時看到醫生和護士向周曉蝶的病房跑了過去，卻是周曉蝶已經甦醒，她醒來後情緒非常激動，羅獵顧不上多說，也跟了過去，程玉菲使了個眼色，李焱東和她一起跟在那群醫護人員的後方。

周曉蝶受了驚嚇，她醒來第一件事就呼喊著安翟的名字，不顧一切地想要下床去見他，醫生看到她情緒如此激動，準備對她使用鎮定劑。

而此時，程玉菲卻走了過去，向周曉蝶道：「曉蝶，我沒事，你不用怕！」眾人都是一怔，周曉蝶明顯愣了一下，目光轉向程玉菲，程玉菲盯住她的雙目，她的目光彷彿有一種魔力瞬間讓周曉蝶就鎮定了下去。

羅獵在一旁看得清清楚楚，想不到這個程玉菲居然是一位高明的催眠師，就憑她顯露出的這一手催眠手法，已經知道她不是泛泛之輩。

周曉蝶喃喃道：「沒事？」

程玉菲道：「沒事，都過去了，現在我們安全了。」

周曉蝶機械地重複道：「安全了！」

程玉菲向周圍看了看，擺了擺手示意其他人先出去。羅獵並沒有離去，出於對周曉蝶的關心，他不可能將她一個人留在這裡。

程玉菲道：「周曉蝶，你還記得發生了什麼事情嗎？」

周曉蝶道：「我睡著了，可是我被煙嗆醒了，到處都是煙，安翟過來找我，他抱著我往外面跑，本來我們都快出去了……可是他……他又回去了……說……說還有東西沒有拿出來……」

「什麼東西？」程玉菲追問道。

周曉蝶搖了搖頭，茫然道：「我不記得了，我真的不記得，他好傻……為什麼要回去，為什麼要回去。」

程玉菲還想問，羅獵打斷她的話道：「程小姐，我看傷者需要休息。」

程玉菲只能作罷，離開病房，程玉菲向羅獵道：「如果……」她本想說如果羅獵能夠允許，她想見另外一位傷者。可不等她說完，羅獵就道：「不可以。」

程玉菲皺了皺眉頭。

羅獵道：「安翟的情況很差，現在並不適合配合您的調查，即便是催眠。」

程玉菲知道自己剛才的行為都被羅獵看穿，她點了點頭道：「也好，我還會過來。」

羅獵道：「不送！」

程玉菲和李焱東來到外面，李焱東道：「看來突破口就在另外一個傷者身上，根據周曉蝶所說，她丈夫本來可以順利逃脫，也不至於受那麼重的傷，可是他在即將脫困的時候又選擇回去了，他去找什麼？難道在綢緞莊內有重要的東西？這場火是不是因為他要尋找的這件東西所起？

程玉菲笑道：「阿東，有進步啊，你留意醫院的情況，如果傷者的情況有所好轉，你馬上就通知我。」

「是！」

程玉菲抬起手腕看了看時間道：「壞了，只顧著問案，連時間都忘了，把車鑰匙給我，我得去車站接我的老同學。」

「男的女的啊？」

「要你管？」

羅獵坐在瞎子身邊，望著瞎子煙薰火燎的大花臉心中一陣難過，所幸瞎子的燒傷不重，最為嚴重的還是腦部的創傷，根據醫生的分析，他的頭部被重物撞擊過，應當是當時失火落下的房樑。

羅獵回想著剛才程玉菲和周曉蝶見面的情景，如果周曉蝶所說的一切屬實，瞎子本有機會逃脫的，究竟是什麼讓他改變主意，不顧一切地回去呢？他在找什麼？究竟想把什麼東西搶救出來？

瞎子此時手指動了動，羅獵慌忙坐直了身子，瞎子囈語道：「東山經……東山經……」

羅獵確信自己沒聽錯，東山經？他和瞎子認識了那麼多年，卻從未聽瞎子說過有關於東山經的任何事，按理說瞎子跟自己無話不談，應當不會瞞著自己的。

羅獵輕聲道：「瞎子，我是羅獵，我是羅獵啊！」

瞎子的神智並不清醒，喉頭含糊不清道：「曉蝶……曉蝶……」

傍晚的時候，葉青虹過來送飯，讓羅獵驚喜的是，張長弓和鐵娃也從滿洲過來了，其實他們兩人早就說好了要來，因為在奉天還有些事情要處理，所以耽擱了一段時間，他們聽葉青虹說瞎子出了事，於是馬上就來到了醫院。

看到瞎子傷情如此嚴重，張長弓也是義憤填膺，他們兩人決定留在醫院照顧瞎子兩口子的安危，讓羅獵先回去休息。

羅獵倒不是想休息，而是今天得知的事有些奇怪，他想去火災現場看看。

葉青虹驅車帶著羅獵前往火災的發生地點，聽羅獵說起今天的見聞，葉青虹道：「瞎子是不是回去拿錢呢？」

羅獵道：「瞎子雖然貪財，可大事上不糊塗啊，錢重要還是命重要？更何況還有周曉蝶呢？」

葉青虹道：「說起周曉蝶，我倒是有句話想說。」

羅獵點了點頭。

葉青虹道：「我和她的事情你應當知道。」

羅獵當然知道，周曉蝶的父親蕭天行也是害死葉青虹父親瑞親王奕勳的兇手之一，葉青虹後來為父報仇，雇用自己前往凌天堡，其實是用自己來吸引凌天堡的注意力，上演了一齣螳螂捕蟬黃雀在後的好戲。羅獵拍了拍她的手道：「都是過去的事情了。」

葉青虹道：「雖然都是過去的事了，可畢竟忘不掉，否則我們來黃浦那麼久也不會避而不見。」

羅獵道：「我相信周曉蝶對瞎子的感情，她不可能害瞎子。」

葉青虹道：「我也相信，我沒懷疑她，只是周曉蝶的背景你不要忘了，蕭天行當年威震蒼白山，像他那樣的人，不可能不為自己留幾條後路，如果周曉蝶知道一些秘密呢？」

羅獵道：「你懷疑瞎子這次是受了她的連累？」

葉青虹道：「只是懷疑罷了，可剛才聽你這麼說，我又去瞭解了一下他們的傷情，好像周曉蝶並不嚴重，既然她知道瞎子要回去，為什麼不阻止他？」

羅獵其實也考慮過這一層，但是他並不相信周曉蝶會害瞎子，他去綢緞莊的時候，偷偷觀察過他們兩口子，彼此間的幸福絕不是偽裝。

葉青虹停下汽車道：「就是那裡。」

羅獵道：「你先回去吧，等會兒我自己回去。」

葉青虹道：「也好，對了，我把車留給你，我坐黃包車回去。」

羅獵擺了擺手道：「不用，別讓小彩虹等急了，她可離不開你。」

葉青虹笑了：「你晚上也早點回來，張大哥他們不是來了嘛，又不用你在醫院守著。」

羅獵道：「今晚我還是不回去了。」

葉青虹道：「行，那回頭我讓司機送輛車去醫院，你用著也方便。」

羅獵準備下車，葉青虹卻又抓住他的手臂，羅獵看到葉青虹依依不捨的樣子，笑了笑，湊過去在她的俏臉上吻了一下，葉青虹這才心滿意足地放開了他：「小心點啊！」

羅獵來到綢緞莊前，經歷了這場大火之後，綢緞莊已經被燒成了一片瓦礫，不但是綢緞莊，周圍的五戶人家也跟著遭了秧，不幸中的萬幸是沒有造成人員傷亡，羅獵已經通過白雲飛主動聯繫了這幾家鄰居，所有的損失都由他來承擔。

巡捕已經調查過現場，雖然火災現場象徵性地扯了幾根繩子，不過並未起到真正阻攔的作用，已有不少的當地人在廢墟中尋找可用的物品。

羅獵站在繩圈外觀察的時候，聽到身後傳來一個熟悉的聲音道：「羅先生對偵查也有興趣？」

羅獵知道是程玉菲，他轉身看了程玉菲一眼，然後道：「刑偵方面的事情我不懂，不過也想來看看現場的損毀情況，周圍鄰居也因為這場火災蒙受了不少的損失，作為安翟的朋友，我有必要幫他處理一下這些事情。」

程玉菲道：「安先生有你這樣的朋友真好。」

羅獵道：「換成是我遇到了麻煩，他也會不計代價來幫我。」

程玉菲道：「這現場已經沒什麼價值了，我調查過，倒是有幾點發現。」她向羅獵道：「羅先生有興趣的話，不妨咱們去前面的麵館坐下來說。」

羅獵這才想起已經是吃飯的時間了，他點了點頭道：「好啊，我請！」

程玉菲點了一碗陽春麵，羅獵叫了一份熏魚麵，黃浦這樣的麵館有許多，光顧這間麵館的多半都是住在這裡的百姓，他們議論最多的都是昨晚發生的火災，羅獵和程玉菲面對面坐著，程玉菲把他叫來，卻沒有主動說話，多半時間都在聽周圍人的議論。

羅獵猜到程玉菲來這兒吃麵的原因之一就是聽這些客人的閒談。

羅獵聽了一會兒，並沒有發現有什麼特別的內容，於是埋頭專心吃麵。

程玉菲道：「安翟是被人打暈的，我在火災現場發現了一根鐵棍，上面有他的血跡，我專門詢問過醫生，安翟頭部所受的傷，區域並不大，應該不是落下的房樑砸中所致，而且如果是被房樑砸中了頭部，他恐怕已經死了。」

羅獵道：「照你這麼說，昨晚火災之前有人潛入了綢緞莊？」

程玉菲道：「幾乎能夠斷定，根據我的瞭解，當晚綢緞莊只有兩個人，如果沒有第三個人潛入，那麼將安翟打暈的人只可能是周曉蝶。」

羅獵道：「他們是夫妻啊。」

程玉菲道：「夫妻本是同林鳥，大難臨頭各自飛。夫妻反目很常見啊。」

羅獵搖了搖頭道：「他們夫妻兩人感情一直都很好，我對周曉蝶也算了解，她不可能去害自己的丈夫。」

程玉菲反問道：「你真的瞭解她嗎？」她將筷子放在碗上：「周曉蝶的父親是蕭天行，蕭天行你應該聽說過吧，蒼白山狼牙寨的大當家，滿洲勢力最大的土匪，後來死於仇家暗殺，周曉蝶是土匪頭子的女兒。」

羅獵對程玉菲有種刮目相看的感覺，此女黃浦第一神探的稱號絕非浪得虛名，她在調查方面的確下了一番功夫。

羅獵道：「這我沒聽說過。」

程玉菲道：「你沒聽說過？」

羅獵的表情古井不波，程玉菲想要從他的臉上看出破綻，很快她就意識到自己的努力根本是徒勞無功，她點了點頭道：「你對周曉蝶不瞭解並不奇怪，可安翟你應該瞭解吧。」

羅獵道：「程小姐有什麼話只管說。」

程玉菲道：「安翟過去一直和他的外婆相依為命，老太太姓陳。」

羅獵道：「陳阿婆三年前就過世了。」

程玉菲道：「羅先生口中的這位陳阿婆大名叫陳九梅，江湖人稱千手觀音，三十年前曾經是盜門第一高手。」

羅獵雖然和瞎子關係如此親密，也從未聽他說起過這件事，程玉菲說得如此篤定應該不是撒謊，而且她也沒有撒謊的必要。羅獵道：「此事和昨天的縱火案又有什麼關係？」

程玉菲道：「陳九梅之所以能夠被尊稱為盜門第一高手，是因為她曾經潛入清宮大內，盜取了兩樣寶貝，一是乾隆爺生前最愛的翡翠九龍杯，還有一件東西是皇家世代秘藏的東山經。」

羅獵聽到東山經三個字內心為之一震，他今天在醫院就聽到瞎子在神志恍惚的時候多次說出東山經這三個字，看來程玉菲所言不差。

羅獵道：「翡翠九龍杯我聽說過，這東山經是什麼？」

程玉菲道：「東山經乃是一本皇家秘典，相傳是從上古流傳至今，其中的內容關乎於龍脈天運，清朝成立之後，據說在康熙帝的手上一分為二，將之分成了上下兩冊，上冊是地理，下冊是天象。陳九梅盜走的就是下冊，有種說法，大清之所以被滅和東山經遺失有關。」

羅獵笑道：「這種事情只怕是以訛傳訛，沒什麼可信的。」

程玉菲道：「陳九梅盜走這兩樣東西之後就人間蒸發了，當時清朝幾乎動用了所有的大內高手追捕陳九梅，江湖中的黑白兩道也對陳九梅展開了圍獵，可這陳九梅也很有本事，居然銷聲匿跡，三十年間，再無任何音訊傳出。」

羅獵道：「你怎麼證明陳阿婆就是陳九梅？」

程玉菲道：「因為我找到了一樣東西。」

羅獵望著程玉菲，不知她到底找到了什麼。

程玉菲從口袋裡取出一個布包，然後小心展開，布包裡面有一塊翡翠的碎片，雖然只是一部分，也能夠看出這翡翠水頭十足，實乃難得一見的珍品，如果此物未曾破損，其價值更是難以估量。

程玉菲道：「這就是翡翠九龍杯的殘片，我們不妨做出一個推斷，當時安翟回去是為了取回翡翠九龍杯和東山經，而有人恰恰在等著他去拿這兩樣東西，在安翟取回東西之後，縱火者對他發動了突然襲擊。安翟不慎將九龍杯掉在了地上，這算得上是一次意外。」

羅獵道：「縱火者拿走了東山經？」

程玉菲道：「還有翡翠九龍杯。」

羅獵道：「一個破損的九龍杯？」

程玉菲搖了搖頭道：「關鍵就在這裡，我找人仔細研究過這塊殘片，卻從中看出了破綻，這塊殘片雕好的時間不會超過五十年，雖然也是難得一見的珍品，可畢竟不是皇家之物。」

羅獵道：「你是說這是贗品？」

程玉菲道：「所以破案的關鍵就在於尋找這兩樣東西，只要找到了失去的東西，此案迎刃而解。」

羅獵點了點頭道：「程小姐真是厲害。」

程玉菲道：「不是我厲害，只不過羅先生是當局者，你在看待問題的時候，會受到許多感情因素的影響，而我卻能從一個旁觀者的角度來分析。」

羅獵指了指這殘片道：「巡捕房知道了？」

程玉菲道：「在事情沒有徹底的眉目之前，我不會將這些證據交給巡捕房，你或許不會相信，這些東西都是我在他們勘查過三遍現場之後發現的。」她的話中流露出對巡捕探案能力的鄙視。

羅獵道：「感謝程小姐對我的信任。」

程玉菲道：「希望羅先生能夠對我報以同樣的信任，我想儘快和傷者見面，不知羅先生可否為我做出安排？」

羅獵想了想道：「等安翟的情況穩定，我會為程小姐安排。」

兩人離開了麵館，程玉菲主動提出送羅獵前往醫院，羅獵也沒有拒絕。

回到醫院，張長弓和鐵娃兩人都還在那裡陪護，瞎子中途醒了一次，不過很快又睡了過去。

羅獵讓張長弓兩人去吃飯，自己去瞎子那裡看了看，剛巧瞎子醒了，他睜開一雙小眼睛道：「好黑啊，這是哪裡？」

羅獵道：「醫院！」他心中不由得有些奇怪，房間內明明開著燈，怎麼瞎子會說好黑？

瞎子道：「你是誰？」

羅獵道：「你連我都不認識了？我是羅獵啊。」

「羅獵？我認識你嗎？」瞎子的話把羅獵給嚇了一大跳，他雖然聽醫生說過瞎子有可能會出現部分失憶，可沒想到會那麼嚴重，居然把自己都給忘了。

羅獵並沒有著急喚醒瞎子的記憶，微笑道：「你受了傷，現在在醫院。」

瞎子道：「你是醫生啊，幫我把燈打開好不好？」

羅獵心中一沉，他意識到瞎子遇到了很大的麻煩，如果換成過去，就算室內一片漆黑，也不會影響到瞎子的視覺，非但如此，他還會看得更清楚，而現在，室內亮著燈，他卻什麼都看不到。

羅獵道：「你受了傷，開燈對你的眼睛恢復不好，還是等等再說吧。」

此時外面傳來敲門聲，卻是護士推著周曉蝶過來。

周曉蝶看到瞎子渾身都裹著繃帶，頓時泣不成聲：「老公，我是曉蝶。」

瞎子道：「曉蝶？」

「嗯，老公，是我！」

瞎子道：「我結婚了嗎？你……你為什麼叫我老公，把燈打開，讓我看看你的樣子。」

周曉蝶被瞎子的反應嚇著了，好一會兒才反應了過來，顫聲道：「老公，你怎麼了？你看不到我啊？我是曉蝶，你不記得我了？」

瞎子道：「我……我……」

羅獵來到周曉蝶面前，低聲道：「嫂子，你先回去，他剛剛才醒，思維有些混亂。」

周曉蝶用力搖搖頭道：「我不走，我就在這裡陪著我老公，哪兒都不去。」

羅獵壓低聲音道：「如果你不想刺激他，你先回去。」

周曉蝶淚汪汪地望著羅獵，終於恢復了理智，羅獵示意護士將她送回病房。

瞎子道：「我為什麼看不見？我為什麼什麼都不記得了？」

羅獵道：「你冷靜一下，好好睡一覺，什麼都會好起來。」

瞎子大叫道：「你騙我是不是？你們全都在騙我是不是？我要離開這裡，我要離開這裡。」

聞訊趕來的醫生和護士一起摁住情緒激動的瞎子，給他注射了鎮定劑，瞎子在注射後終於平靜了下來，又昏昏睡去。

「我懷疑患者的頭部有個血腫，壓迫到了他的部分大腦，影響到了視神經，所以才會造成目前的這種失憶和失明的狀況，不過應當都是暫時的，只要我們邀請的腦科專家過來，為患者實施二次手術，將腦部的這個血腫取出，那麼他的狀況應該會有所改觀。」

羅獵道：「醫生，拜託了，錢不是問題，只要能夠讓他恢復健康，花多大的代價我們願意。」

張長弓和鐵娃在一旁聽得也是心情沉重。

三人離開醫生辦公室，張長弓忍不住歎了口氣道：「瞎子多開朗的一個人，怎麼碰上這種倒楣事。」

鐵娃道：「瞎子叔兩口子安安分分地過日子，他們得罪誰了？誰居然忍心下這樣的毒手？」

張長弓道：「巡捕房那邊怎麼說？案情有沒有眉目？」

羅獵道：「破案還在其次，現在最重要的就是治好瞎子。」

張長弓點了點頭道：「不錯，本來我還覺得咱們兄弟幾個能好好聚聚，誰想到剛到黃浦就遇到這種不幸的事。」

羅獵道：「張大哥，你和鐵娃去休息吧，我在對面旅館給你們訂了房間。」

張長弓道：「費那事幹啥，我和鐵娃商量過，我們就在這醫院陪著，反正這邊有空床，我們留在這裡也好照應。」

羅獵道：「這邊我守著就行。」

張長弓搖了搖頭道：「你孩子小，今天你還沒回家吧，雖然有葉青虹陪著，可小彩虹見不到你也一定不會開心，趕緊回去吧，你留在這裡也幫不上忙。」

羅獵想了想終於點了點頭，他叮囑了張長弓幾句，然後又跟院方說了聲，專門要了一間房用來陪護，這樣張長弓爺倆住著也方便。

羅獵回到家中，小彩虹已經睡著了，葉青虹沒想到他能回來，看到羅獵的臉色不好看，柔聲道：「累了吧，你先去洗個澡，我去給你做點吃的。」

羅獵道：「我不餓，你別忙了。」

葉青虹道：「我樂意！」

羅獵洗澡出來，葉青虹已親自給他下了一碗餛飩，還特地打了兩個荷包蛋。

羅獵循著香味來到餐廳，禁不住讚道：「好香啊！」

葉青虹道：「嘗嘗，我跟吳媽學的。」

羅獵道：「母雞湯熬得真好。」

葉青虹坐在羅獵對面托著腮看著他吃，心中滿滿的幸福。

羅獵道：「別看著我吃啊，你也吃點。」

葉青虹搖了搖頭道：「吃過了，怕胖！」

羅獵笑了起來，他用湯匙盛了一個餛飩餵到葉青虹唇邊，客廳內傭人在清理，葉青虹有些不好意思，還是將餛飩吃了，發現有些鹹了：「鹹了！」

羅獵道：「好吃！你做的我都愛吃。」

葉青虹道：「那，你一輩子都陪在我身邊，我每天都做給你吃。」

羅獵的手突然停頓了下來，過了一會兒他方才埋頭繼續吃了起來。

葉青虹望著他，眼圈紅了起來，她擔心自己會當著羅獵的面流眼淚，站起身離開了餐廳。

羅獵不是不明白葉青虹那番話的含義，葉青虹知道自己和風九青的九年之約，現在還剩下不到六年的時間，自己一定會信守承諾，而承諾就意味著他要離開葉青虹，離開自己的女兒。

羅獵吃完了餛飩，傭人過來將碗筷收了。

羅獵並沒有在客廳找到葉青虹，他來到了葉青虹的房間，看到葉青虹也沒在她自己的房間內。

羅獵來到女兒的門前，看到葉青虹坐在床邊，靜靜望著熟睡的小彩虹。

羅獵輕輕推開房門，躡手躡腳地走了進去，站在葉青虹的身後，雙手落在她的肩頭，想讓她靠在自己的懷中。

葉青虹明顯有些抗拒，羅獵忽然伸出手去抱住她的膝彎，將她整個人橫抱起來，葉青虹還想掙扎，羅獵向她做了個噤聲的手勢，示意她不要吵醒了小彩虹。

葉青虹這才放棄反抗，羅獵抱著葉青虹出了房門，葉青虹小聲道：「放開我！」羅獵彷彿沒聽到一樣，抱著她一直將她送回了她的房間。

葉青虹從他懷中掙扎出來。

羅獵道：「青虹！我們結婚吧！」

葉青虹愣了一下，然後望著他：「你是不是覺得我很可憐？是不是覺得我嫁不出去？」

羅獵搖了搖頭道：「我只是覺得，我們應該有個家。」

葉青虹道：「我也想要一個家，可是你會為了這個家放棄對風九青的承諾嗎？你會為了我，為了女兒留下來嗎？」這件事始終壓在她的心底，她雖然竭力控制不想提起，可是隨著時間一天天的過去，她就變得越來越緊張，她害怕失去羅獵，害怕失去這個家。

羅獵道：「我去找九鼎不僅僅是因為對風九青的承諾，青虹，有件事一直藏在我心底，好多年了，我從未對任何人說過。」

葉青虹看到羅獵痛苦糾結的樣子又有些心疼，她搖了搖頭道：「別說了，就這樣藏在心底也好。」

羅獵抓住她的手不由分說將她拉了過來緊緊抱在自己的懷中，低聲道：「其實，我本不該存在於這個時代……」

如果不是親耳聽羅獵講述，葉青虹絕對無法相信這種離奇的事情，這近乎天方夜譚的故事，可葉青虹又知道，羅獵所說的這一切在理論上應該有實現的可能，他們畢竟一起經歷了太多無法用現在科學解釋的東西。

葉青虹偎依在羅獵的懷中：「每一個生命來到這個世界上就一定有他的理由，如果你來到這個時代是一個錯誤，那麼這錯誤你也無法選擇，正如你生下了小彩虹，她無法選擇自己的父母，你所能做的就是盡一切能力給她幸福。」

羅獵點了點頭：「如果三年前不是喜妹阻止，或許風九青已找到了九鼎。」

葉青虹道：「你此前所遇的冀州鼎和雍州鼎難道都是假的？」

羅獵道：「根據風九青所說，真正的九鼎其實一直都存在於西海之中，我絕不可以讓九鼎落在她的手中，否則這個世界很可能會面臨毀滅。」

葉青虹終於明白了羅獵為什麼要堅持去赴九年之約的原因，如果羅獵不去，風九青找到了九鼎很可能對這個世界造成毀滅性的打擊，到時候面臨危險的不僅僅是她和小彩虹，還有這個世界上所有的人，羅獵也不僅僅是為了拯救世人，也是為了拯救自己的親人。

葉青虹道：「或許風九青一直都在騙你，也許連她自己都不會去呢。」

羅獵搖了搖頭道：「你別忘了，我見過禹神碑，懂得夏文，我可能是這個世界上唯一能搞懂其中內容的人。」他一字一句道：「九鼎不是騙局，如果我對此無動於衷，那麼你、小彩虹、和這世界上所有的人都會面臨一場空前的劫難。」

葉青虹道：「為什麼一定是你……」她流淚了，她忽然明白當年蘭喜妹為何要不惜一切阻止羅獵的原因，可能蘭喜妹已經知道，羅獵在找到九鼎之後會面臨無法預估的危險，這危險或許會讓羅獵永無回歸之日。

羅獵伸手挑起葉青虹光潔無瑕的下巴，柔聲道：「也許一切不會變得太壞，總之我答應你，為了你，為了小彩虹，我一定會平安歸來。」

葉青虹用力點了點頭，她相信羅獵的承諾。她摟住羅獵的脖子，用額頭抵住他的前額：「你剛剛說要娶我？」

羅獵道：「我其實有些後悔了。」

「不許後悔。」

羅獵道：「我無錢無勢。」

葉青虹道：「我有錢。」

羅獵道：「我還帶著一個女兒。」

「我喜歡，省得我自己生了。」

羅獵道：「你真這麼想？」

葉青虹道：「不過，你如果還想給小彩虹生個弟弟，人家也願意幫你……」

得妻如此夫復何求？羅獵終於打開了葉青虹的心結，醫院那邊也傳來好消息，聘請的腦科專家三天後就會到來，到時候就能夠為瞎子開始二次手術。

羅獵和葉青虹一起去醫院探望安翟夫婦的時候，發現醫院來了許多巡捕，氣氛顯得格外緊張，張長弓和鐵娃都被從病區請了出去。

羅獵找到在門前觀望的張長弓：「什麼情況？」

張長弓道：「不知道，突然來了一群巡捕，二話不說把我們都給趕出來了，說是要辦案。」

葉青虹道：「巡捕辦案也得講道理，也得考慮一下傷者的情況。」

羅獵正準備去找那些巡捕理論，看到程玉菲從病區內出來，他迎上前去：「程小姐，這是怎麼回事？您可以給我一個合理的解釋嗎？」

程玉菲道：「我們在周曉蝶的房間內找到了一樣東西。」

羅獵聞言已經感覺到不妙：「什麼東西？」

程玉菲看了看周圍，壓低聲音道：「翡翠九龍杯。」

羅獵的表情充滿了震驚：「這怎麼可能？」

程玉菲道：「你不會懷疑我在誣陷她吧？這是事實，還有，周曉蝶沒有你們想像的那麼簡單，那根打暈安翟的鐵棍上有她的指紋，我們已經做過對比，和嫌疑人完全相符。」

羅獵還想說什麼，程玉菲卻匆匆走了，準備進入病區，劉探長也從裡面出來了，他滿面喜色，終於在領事規定的時間內破了案，換句話來說也就保住了他華人總探長的位子。

羅獵和這位劉探長曾打過交道，他迎上去道：「劉探長，請問什麼情況？」

劉探長道：「好消息，縱火犯已經找到了，是周曉蝶監守自盜，自導自演的一齣戲。」

羅獵道：「你們打算怎麼辦？」

劉探長道：「對周曉蝶進行就地囚禁，等她傷好之後就會移交巡捕房，不日就會對她進行起訴。」

羅獵道：「你們要有確實的證據才可以抓人啊，千萬不要冤枉了好人。」

劉探長道：「我們不會冤枉一個好人，也不會放過任何一個壞人，這件事證據確鑿，毫無疑義。」

羅獵對他所謂的證據並不相信，可現在他也無法為周曉蝶洗清嫌疑，羅獵道：「劉探長，我可以見周曉蝶嗎？」

劉探長搖了搖頭道：「鑒於嫌疑人的特殊性和案件的嚴肅性，目前什麼人都不可以見她，尤其是你們。」

羅獵本想再努力一下，葉青虹道：「劉探長，謝謝你們。」她輕輕牽了牽羅獵的手臂，現在說什麼都沒用，更何況當著那麼多人的面，不但有巡捕還有記者，劉探長肯定要公事公辦。

周曉蝶雖被嚴密看管起來，不過瞎子那邊倒沒有進行嚴格控制，羅獵幾人來到特護病房內，瞎子正在吃藥，外面的動靜他也聽到了，只是不知道具體發生了什麼，聽到有人進來，他問道：「外面到底發生了什麼事？是不是和我有關？」

張長弓幾人都望向羅獵。

羅獵道：「沒事，安翟，你安心養傷就是，這兩天那位腦科專家就會過來，為你進行腦部手術。」

瞎子道：「是不是把我腦裡的血腫取出來，我就能把過去的事想起來了？」

羅獵道：「是啊，你之所以會短暫性失憶，全都是因為被血腫壓迫了腦神經，只要將血腫取出，壓迫症狀就會解除，過去的事情自然也就想起來了。」

瞎子道：「謝謝你們了，你們這麼幫我，都不知道怎麼感謝你們才好。」

張長弓道：「咱們都是自家兄弟，你客氣個啥？」

瞎子歎了口氣道：「我知道你們對我好，可是我……我真的想不起來……一點都想不起來了。」

羅獵幾人看到瞎子這般情景，心中都感到異常難過，雖然瞎子的記憶力在理論上有恢復的可能，不過也不是百分百的把握，如果萬一術後的效果並不理想，那麼瞎子可能會永遠想不起來他們。

葉青虹道：「咱們就別耽誤安翟休息了。」

羅獵點了點頭，幾人正準備離開的時候，瞎子忽然道：「那個周……周曉蝶呢？」他雖喪失了過去的記憶力，可是甦醒後發生的事情他都還記得。羅獵這群人都說是他的朋友，可周曉蝶卻是唯一一個稱呼他為老公的，天下間哪有人主動冒認人家老婆的？所以瞎子對周曉蝶這位老婆的印象格外深刻。

羅獵道：「她也受了傷，目前需要靜養。」

瞎子道：「她真是我老婆嗎？」

如果換成往常，這樣的問題一定會引得眾人發笑，可現在沒有一個人發笑，羅獵道：「我出去三年剛剛回來，你們何時結的婚，我也不知道。」

幾人離開病房，看到隔壁周曉蝶病房的門前仍然有巡捕駐守，除非巡捕房的劉探長點頭，任何人不得擅自入內，羅獵皺了皺眉頭道：「周曉蝶不可能做這種事情，不合情理啊。」

葉青虹道：「可九龍杯就是在她的房間內發現的。」

羅獵道：「不排除栽贓陷害的可能。」

張長弓道：「當務之急是見到周曉蝶，看看她究竟怎麼說？」

羅獵點了點頭，葉青虹道：「這樣吧，法國領事蒙佩羅先生是我老師，我去找找他，如果他肯出面，見周曉蝶應該不難。」

羅獵道：「辛苦你了。」

葉青虹道：「你跟我還這麼客氣啊？」她向張長弓幾人道別，轉身去法國領事館。

羅獵決定去找程玉菲，畢竟案子是她偵破的，他要看看程玉菲所謂的證據。

程玉菲的偵探社和法租界巡捕房位於同一條街道，這個道理如同守著醫院開藥房一樣，偵探社的門臉不大，一不小心就能錯過，羅獵抬起頭看了看上面的一行字——玉菲偵探社，字體非常雋秀，一看就是女人的手筆，從路邊走上偵探社的大門還要經過五階台階，門沒有上鎖，羅獵敲了敲，無人回應，然後他推門走了進去，進去之後，看到一條直對大門的樓梯，原來偵探社位於二樓。

羅獵拾階而上，台階很陡，裡面的光線不好，玉菲偵探社位於上樓後的右手邊，羅獵再次敲響了房門，這次裡面傳來回應聲：「請進！」

羅獵推門走了進去，裡面陡然變得明亮起來，偵探社臨街的一面有三扇落地窗，將外面的光線成功引入了室內，外面有一張桌子，其餘幾面牆都擺著文件櫃，程玉菲的助手李焱東正站在文件櫃前整理資料，甚至連羅獵走進來都沒有來得及回頭。

羅獵咳嗽了一聲，李焱東這才轉了下臉，看到羅獵居然沒有感到任何驚奇：

「羅先生，程小姐說你會來，她這會兒出去了，你先到她辦公室裡坐一會兒，半個小時後她就會回來。」

羅獵雖然認識程玉菲的時間不久，可是對她也算是有些瞭解，程玉菲這位黃浦第一神探絕不是浪得虛名，她有把握人心理的專長。

羅獵進入了程玉菲的辦公室，辦公室窗明几淨，裡面擺放許多花草，和外面隨處可見的文件櫃不同，裡面除了辦公桌和用來會客的沙發外就沒有多餘東西。

李焱東進來給羅獵泡了杯茶，又出去了，玉菲偵探社的生意很好，往往同時跟進好幾件案子，人卻只有他和程玉菲兩個，所以他們無時無刻不在忙碌著。

羅獵喝了口茶，趁機觀察了一下程玉菲的這間辦公室。通過觀察這間辦公室羅獵有了兩個初步的判斷，程玉菲是個很嚴謹的人，做事一絲不苟，她的辦公桌上哪怕是一支筆的擺位都經過深思熟慮，室內的幾盆花，不但花盆擦得乾乾淨淨，甚至連每一個葉片都一塵不染。

程玉菲或許有潔癖，羅獵不由得想到，一個如此嚴謹還可能有潔癖的人，必然是極其謹慎的，她怎麼會任由一個客人在自己不在的前提下進入自己的辦公室？如果自己抱有其他目的，豈不是給了自己一個可乘之機？

羅獵的目光投向左側的玻璃窗，他忽然想起了什麼，玻璃窗的視野很好，從這裡可以清楚地觀察到對面的小樓，同樣從對面的小樓一樣可以看清這邊室內的情景，更何況辦公室這邊處於順光的一面。

羅獵站起身來，緩步走向玻璃窗，他禮貌地舉起了茶杯向對面示意，雖然從他的角度看不到對面的情景，但是他有種預感，有人正在對面靜靜觀察著自己。

程玉菲的到來比預定時間早了五分鐘，走入辦公室內，她歉然道：「羅先生，實在是不好意思，讓您久等了。」

羅獵笑道：「不好意思的應該是我才對，是我不請自來。」

程玉菲在自己的辦公桌後坐下，微笑望著羅獵：「我知道羅先生一定會來，而且有很多問題想問我。」

羅獵將茶杯放在一旁的茶几上：「我想瞭解多一些案情。」

程玉菲拿出了一份文件袋，從中取出了一份指紋對比的結果：「我從事這個行業的第一天，我的老師就告訴我，辦案子無論對象是誰，一定要讓自己跳出案件本身，要做到以旁觀者的角度來看待案情，不被感情左右，讓證據說話。」

羅獵站起身，來到程玉菲面前，在她對面的椅子上坐下，拿起那份指紋報告，仔仔細細地對比了一下。

程玉菲道：「左邊的指紋是從打暈安翟的鐵棍上發現的，右邊的指紋是取之於周曉蝶用過的茶杯，我可以負責任地告訴你，兩份指紋一模一樣，可以斷定屬於同一個人。」

羅獵道：「得到一個人的指紋很容易，這好像並不能說明什麼。」

程玉菲道：「按照羅先生的話，是懷疑我動了手腳。」

羅獵搖了搖頭道：「我沒這個意思，只是有些事想不通，第一，兇手在打暈安翟之後為什麼要留下這根鐵棍？既然能夠如此精心佈局，又為何要留下如此明顯的證據？」

程玉菲道：「聽起來好像有些道理。」

羅獵道：「第二，安翟和周曉蝶結婚三年，他們夫婦感情一直很好，綢緞莊生意也蒸蒸日上，究竟是怎樣的動力才促使一個妻子去陰謀對付自己的丈夫，在丈夫不惜一切將她救出火海的時候，她還恩將仇報，想要將丈夫置於死地呢？」

程玉菲道：「翡翠九龍杯、東山經，其中任何一個理由都足以讓夫妻反目，父子成仇。」

羅獵道：「這兩樣東西都是你的推斷，僅憑著一個在病房內找到的翡翠杯，難道就能定案？」

程玉菲道：「羅先生還是帶著感情來判斷這件案子，我早就說過，我只看證據，如果你想證明周曉蝶無罪，那麼你告訴我，鐵棍上的指紋是怎麼回事？翡翠九龍杯為何藏在她的病房內？」

羅獵道：「東山經呢？沒有找到東山經，你憑什麼就能夠確定，所有一切都是周曉蝶在自導自演？」

程玉菲道：「或許有東山經，或許沒有，這件事只要安翟的記憶恢復就應當能夠給出合理的解釋。」

羅獵道：「翡翠九龍杯是真是假？」

程玉菲道：「我無權搜查，巡捕房發出搜查令，劉探長親自率人前去醫院搜查，並於周曉蝶的病房內找到了那只翡翠九龍杯，我至今無緣得見，不過從他們提供的照片來看，應當完好無損。」

羅獵點了點頭，此前程玉菲曾在現場找到了翡翠九龍杯的碎片，不過程玉菲認為那九龍杯是贗品，如果照片上的翡翠九龍杯完好無損，也就是說很可能就是真品。

程玉菲道：「羅先生，我這次只是協助警方辦案，到現在為止，其實我的任務已經全部完成，後續的案情跟進全都由警方處理。」

羅獵道：「程小姐有沒有想過，周曉蝶是無辜的？」

程玉菲道：「是否無辜，我無權評判，我提供了能夠找到的所有證據，至於最終的判罰，已經和我無關。」

羅獵微笑道：「謝謝程小姐給我解釋了那麼久，我就不耽誤您寶貴的時間了。」他起身準備離去，程玉菲道：「我送送你。」

羅獵道：「請留步！」他拉開房門，卻沒有馬上離開，輕聲道：「程小姐完全可以採用催眠周曉蝶的方法讓她說出實情，何必花費那麼大的周折。」

程玉菲道：「判定是否有罪不在我的職責範圍。」

剛才還是陽光普照，這會兒功夫已經是烏雲密佈，羅獵來到自己的車前，並沒有馬上進入車內，又習慣地摸向西服口袋，摸到中途已經意識到自己並沒有帶煙，他已經答應葉青虹戒煙了。

羅獵歎了口氣，抬起頭看了看天空，臉上卻剛巧落了一滴雨水，程玉菲的確沒有判定一個人有無罪責的權力，可是她提供的證據卻讓周曉蝶陷入了困境。

瞎子有瞎子的秘密，這些秘密甚至連羅獵都不知道，羅獵並沒有怪罪這位老友的意思，其實每個人都有自己的秘密，而當一個人選擇隱藏這些秘密的時候，這個人就要背負相應的壓力。自己本身就是個擁有太多秘密的人，他一度猶豫要不要將這些秘密告訴葉青虹。

按照羅獵的初衷，他本想一個人默默承受這些壓力，可是他又不忍看到葉青虹的惶恐和不安，在感情上執著到底的葉青虹卻擁有著太多的患得患失，而她對自己對這個家的付出讓羅獵也不忍心繼續隱瞞下去，所以羅獵才做出將心底最大秘密告訴葉青虹的決定。在將秘密告訴葉青虹之後，羅獵感到前所未有的輕鬆，而他和葉青虹之間的距離也因為這個共同的秘密被拉近。

羅獵不知道瞎子和周曉蝶之間究竟有沒有共同的秘密？瞎子是否將這件事對周曉蝶坦誠相告。雖然程玉菲提供了確鑿的證據，可羅獵仍然不相信周曉蝶會對瞎子做出這些事。

李焱東敲了敲門進入程玉菲辦公室，看到程玉菲站在窗前，他走了過去，順著程玉菲目光看到仍站在車前沒有離去的羅獵，有些詫異道：「他還沒走啊？」

程玉菲道：「他對朋友很用心。」

李焱東道：「巡捕房方面已經將咱們幫忙辦案的酬金給結了。」

程玉菲道：「你怎麼看？」

李焱東被她問得愣了一下：「什麼？」不過他很快就會過意來：「這件案子

不是已經結了？」

程玉菲道：「翡翠九龍杯出現，東山經的事情就隱藏不住了，我看這個安翟的真正身分很快就會傳遍江湖。陳九梅雖然死了，可盜門不會容忍一個叛徒，這筆帳肯定會算在安翟的頭上。」

李焱東道：「這麼說，他豈不是麻煩了。」

程玉菲道：「有些人從出生起就註定是個麻煩。」

葉青虹還算帶來了一些好消息，法國領事蒙佩羅念及師生情誼，同意網開一面，讓羅獵見周曉蝶一次，但是有個前提，會面必須要在巡捕房相關人員的陪同下，而且會面時間等候通知。

周曉蝶的狀況很差，自從警方將她列為嫌疑人後，周曉蝶就開始絕食，對於警方的問話一概抗拒不答。羅獵在進入周曉蝶病房的時候，看到程玉菲也在裡面，他頗感詫異，程玉菲不是說她的使命已經完結了，怎麼她又來了？

程玉菲向羅獵笑了笑道：「羅先生，想不到咱們這麼快就見面了。」

羅獵道：「我來此是為了探望朋友，程小姐是為了案子。」說到這裡他故意停頓了一下道：「我不是記得程小姐的使命已經完成了？」

程玉菲道：「拿人錢財替人消災，偵探社總得不停接生意才能維持生計，劉探長希望我能夠幫忙落實口供，雖然知道不是什麼好差事，可我也要硬著頭皮接下來，對了，劉探長還希望羅先生探望的時候，我全程在場。」

羅獵笑道：「那就是請程小姐來監視我嘍？」

程玉菲道：「此案驚動了整個黃浦，關乎劉探長他們以後的前程，搞不好連差事都保不住，所以不得不慎重，其實我也知道羅先生的人品，應該做不出影響證供的事情來。」

羅獵道：「程小姐認識我可沒多久。」

程玉菲道：「人是一面相。」

羅獵指了指屏風後面：「我可以見見周曉蝶嗎？」

「請便！」

周曉蝶木呆呆坐著，她的右腕被手銬銬在床上，雙目茫然，就算羅獵走進來也沒有吸引她的注意力。

程玉菲道：「周曉蝶，你看誰來看你了？」

周曉蝶沒有搭理她，自從她被列為懷疑對象之後，整個人就拒絕和外界的交流，在這樣的狀況下即便是程玉菲這種催眠大師，也無法吸引她的注意力。

羅獵道：「瞎子想起來了。」

周曉蝶因他的這句話而將目光投到了他的臉上：「他想起什麼了？」

程玉菲一旁靜靜望著羅獵，羅獵一句話就已經成功將周曉蝶的注意力吸引過去，她對羅獵做過一番瞭解，知道這是一個身懷絕技的傳奇人物，程玉菲甚至知道羅獵和自己一樣在催眠術方面有著很深的研究，這也是她得悉羅獵要前來探望周曉蝶之後，主動請纓在場陪同的原因。

程玉菲非常警惕，留意羅獵的每一個動作，她不會讓羅獵在自己的眼皮底下催眠周曉蝶。

羅獵道：「想起你們結婚的事情。」

「真的？」周曉蝶激動地淚水流了出來，她的手一動，無意中牽動了手銬，手銬和鐵床的床沿摩擦發出刺耳的金屬摩擦聲。

程玉菲皺了皺眉頭。

羅獵道：「程小姐的催眠術是在什麼時候學習的？」

程玉菲沒想到羅獵的這句話居然是在問自己，她看了看一旁的周曉蝶，周曉蝶因羅獵剛才的話有些激動，坐在床上低聲啜泣著。

程玉菲道：「大學的時候，我主修心理學。」

羅獵道：「哪間大學啊？」

程玉菲笑道：「羅先生在查我戶口啊？」

羅獵道：「只是有些好奇。」

周曉蝶道：「我想去看看他。」

羅獵道：「嫂子，現在的情況您也應該清楚。」

周曉蝶道：「我沒做過，我怎麼可能做那種事情，我怎麼可能去害我自己的老公？那個什麼杯子，我從來都沒見過，我也不知道怎麼會出現在病房裡。」

羅獵向程玉菲道：「你聽到了？」

程玉菲感到好笑，羅獵不趁著這次難得的機會多問周曉蝶一些問題，反而不停向自己發問，這個人究竟分不分得清重點？

周曉蝶道：「他們說的證據根本就是強加在我身上的，安翟把我從火場中救出來，我當時整個人都被熏得暈頭轉向，中途還昏迷了一段時間，別人想取到我的指紋很容易，他們憑什麼根據鐵棍上的指紋就斷定是我做的？」

程玉菲還是頭一次聽周曉蝶說那麼多話，她輕聲道：「周小姐，你不用激動，現在警方並沒有定論。」

周曉蝶道：「一定是有人趁著我昏迷時取了我的指紋，然後用鐵棍打暈了安翟，又事先放了個杯子在病房裡，他們是賊喊捉賊，就是要誣陷我的清白。」

羅獵道：「嫂子，您不要激動，程小姐說得對，現在警方並沒有定論，安翟醒了，他一定會為你洗清嫌疑的，我們也會努力。您先吃飯好不好，留得青山在不怕沒柴燒。」

周曉蝶點了點頭道：「是，你說得對，留得青山在不怕沒柴燒，我不可以自暴自棄，我沒有做過，我為什麼要害怕？」

程玉菲有些奇怪，周曉蝶怎麼突然就變得積極主動起來，難道是羅獵的謊話起了作用？她瞭解瞎子的病情，在手術之前不可能有什麼好轉。

羅獵起身道：「我先走了！」

程玉菲越發奇怪了，羅獵的這次探望時間很短，甚至他和周曉蝶沒說過幾句話，加起來還不如跟自己說得多，既然如此他又何必花費那麼大的周折來見周曉蝶？又能起到什麼作用？

程玉菲道：「我送你！」

羅獵笑了起來：「那就謝謝您了。」

程玉菲送羅獵出門，心中仍然在默默回想著剛才會面的情景，她總覺得哪裡有些特別，可究竟什麼地方特別她又說不出來。

葉青虹笑盈盈走了過來，羅獵笑道：「青虹，你來得剛好，我給你介紹。」不等羅獵介紹，葉青虹已經主動伸出手去：「程小姐，您好！」

程玉菲笑道：「我不記得咱們之前見過面啊！」

羅獵道：「這是葉青虹，我的未婚妻。」

程玉菲笑道：「還真是久仰了，羅先生真是好福氣啊，葉小姐那麼漂亮。」

葉青虹道：「是我好福氣，他對我才是真的好。」聰明的女人在任何時候都懂得給自己男人面子。

羅獵道：「聽起來好像沒我什麼事情了。」

程玉菲道：「不耽擱你們了，我還有公務在身。」

葉青虹鬆開她的手道：「程小姐請便。」

程玉菲向她點了點頭，又向羅獵笑了笑，轉身朝周曉蝶的病房走去。

葉青虹挽住羅獵的手臂，兩人離開了病房，來到外面，外面正淅淅瀝瀝下著小雨。葉青虹道：「事情比我們想像得要嚴重得多，周曉蝶的身世被查得清清楚楚，蒼白山匪首的女兒，單單是這個身分就已經很難洗清了。」

羅獵歎了口氣。

葉青虹小聲道：「怎麼了？」

羅獵道：「瞎子的確是被周曉蝶打暈的。」

葉青虹愣了：「什麼？怎麼可能？」

羅獵道：「剛才我進入了周曉蝶的腦域，我發現有人控制了周曉蝶，這場火，以及周曉蝶此後的一系列行為都是在幕後人的操縱下發生，而周曉蝶自己是不知道的。」

葉青虹道：「是誰？」

羅獵搖了搖頭道：「雖然我不知道是誰，可這個人一定是個掌控精神力的高手，已經可以自如控制他人的腦域。」

葉青虹道：「程玉菲？」

羅獵否定道：「沒有可能，她的催眠術雖然厲害，但是距離控制一個人的腦域還差太多，我所知道的人中也只有寥寥幾個可以辦到。」

葉青虹道：「你可以做到的對不對？」

羅獵點了點頭。

葉青虹道：「周曉蝶怎麼辦？如果讓她知道真相，她會不會因為內疚而自暴自棄？」

羅獵道：「她之所以選擇絕食，是因為她在潛意識中已經察覺到自己可能做過一些事，控制她腦域的這個人非常厲害，在這種控制力漸漸減弱之後，周曉蝶肯定會慢慢想起當晚發生的一些事。」

葉青虹倒吸了一口冷氣，這對周曉蝶將是何其殘忍，雖然是她在無意識地狀況下放火燒了綢緞莊，又攻擊了自己的丈夫，可一旦周曉蝶意識到這些事都是她做的，那麼周曉蝶還有什麼勇氣去面對瞎子，去面對周圍人？

羅獵道：「所以我改變了她腦域中的意識，強調了她的無辜。」

葉青虹深情望著羅獵，羅獵還是過去的羅獵，無時無刻不在為朋友考慮著。

羅獵道：「可這還不夠，巡捕房的證物仍然可以將她治罪。」

葉青虹道：「如果沒有了證物呢？」

羅獵道：「我們必須要做點什麼。」

請續看《替天行盜》第二輯卷二　火線救援

# 替天行盜 II 卷1 大起大落

作者：石章魚
發行人：陳曉林
出版所：風雲時代出版股份有限公司
地址：10576台北市民生東路五段178號7樓之3
電話：(02) 2756-0949
傳真：(02) 2765-3799
執行主編：劉宇青
美術設計：許惠芳
行銷企劃：林安莉
業務總監：張瑋鳳

初版日期：2022年3月
版權授權：閱文集團
ISBN ：978-626-7025-56-7
風雲書網：http://www.eastbooks.com.tw
官方部落格：http://eastbooks.pixnet.net/blog
Facebook：http://www.facebook.com/h7560949
E-mail：h7560949@ms15.hinet.net
劃撥帳號：12043291
戶名：風雲時代出版股份有限公司

風雲發行所：33373桃園市龜山區公西村2鄰復興街304巷96號
電話：(03) 318-1378
傳真：(03) 318-1378
法律顧問：永然法律事務所 李永然律師
　　　　　北辰著作權事務所 蕭雄淋律師

行政院新聞局局版台業字第3595號 營利事業統一編號22759935
©2022 by Storm & Stress Publishing Co.Printed in Taiwan
◎如有缺頁或裝訂錯誤，請退回本社更換

**定價：290元** **版權所有　翻印必究**

國家圖書館出版品預行編目資料

替天行盜　第二輯　／石章魚　著. -- 臺北市：風雲時代出版股份有限公司，2022.02-　冊；公分

ISBN 978-626-7025-56-7（第1冊；平裝）

857.7　　110022741

風雲時代

風雲時代